Vittorio und Michele Frangilli

Der Häretische
Bogenschütze

Geheimnisse eines Meisters und seiner Technik

Diese Arbeit ist Paola gewidmet:
All dies wäre ohne Sie nicht möglich gewesen

Vorwort

(Mario Scarzella)

Als ich den Titel des Buches von Vittorio und Michele Frangilli gelesen habe - "Der Häretische Bogenschütze" - war ich ein wenig beunruhigt: was werden diese Zwei wohl geschrieben haben - wunderte ich mich, sie werden doch nicht all dies revolutioniert haben, an dem wir bis heute festgehalten haben, mit der Gefahr, uns vollständig zu verwirren? Häresie ist ein großes Wort, es läßt uns an gegensätzliches Wissen, unvermessene Beurteilungen, Übertreibungen denken und selbst wenn die Geschichte uns lehrt, daß häretisch betrachtete Behauptungen dennoch ab und zu sich als absolute Wahrheit offenbaren, ist es unvermeidbar, sich gegen jede Neuheit zu sträuben, die uns zwingt, anerkanntes Wissen und Erfahrungen in Frage zu stellen. Trotzdem habe ich versucht ohne jeglichen Vorurteil diese Lektüre in Angriff zu nehmen und habe sehr bald gemerkt, daß der Inhalt von einer tiefen Leidenschaft für den Bogensport gezeichnet ist; dieser wird eingehend untersucht, seziert und bis ins kleinste Detail erprobt, um dieses "eine Ziel" zu erreichen, und zwar die "eigene absolute Wahrheit" für einen Meister und seinem Trainer. Und es ist richtig, daß derjenige der höchste Ziele erreicht, selbst Stufe um Stufe die Leiter des Erfolgs gebaut hat. Dieses Buch stellt eindeutig einen Reichtum im Panorama der Bogensport-Literatur dar, weil es uns die Erfahrungen eines Technikers und die Ergebnisse seiner Lehre aufzeigt und es uns erlaubt, für einen Augenblick das sportliche Leben eines Meisters mitzuerleben und deren gemeinsamen Siege auszukosten, sowie ihre Mühen und ihren außergewöhnlichen Einsatz. Natürlich sollten wir, wie bei allen von außergewöhnlichen Persönlichkeiten erzählten Erfahrungen, nicht ohne Vorbehalt versuchen, die von anderen Personen beschrittenen Wege nachzugehen, um dann enttäuscht zu sein, wenn das Ergebnis für uns nicht zufriedenstellend ist. Sicherlich wird uns die Lektüre des „Häretischen Bogenschützen" aufzeigen, wie der Bogensport für Vittorio von einem Zeitvertreib zu einer lebenserfüllenden Leidenschaft geworden ist, die er seinen Kindern vermittelt. Gleichermaßen wird dieser Text zur Diskussion anregen und polarisieren; er wird sowohl auf Zustimmung als auch auf Ablehnung stoßen, manche werden es als ein Meisterwerk ansehen, andere werden es hingegen als skandalös abstempeln. Ich bin mir aber sicher, dass die aufmerksameren Leser das für sich nutzbare technische Wissen von empirischen Erfahrungswerten filtern werden, denn dies ist notwending, um aus einem Athleten einen Champion zu machen.
Weiters ist dieses Buch, wie so oft wenn die Autoren eine so tiefgründige Kenntnis des beschriebenen Argumentes haben, eine nicht gewollte Herausforderung: man soll nie das Erlangte als einen Zielpunkt sehen, sondern immer weiter nach vorne blicken, mit Leidenschaft und Strenge, mit Herz und Köpfchen, weil meist dort, hinter der nächsten Ecke, bereits jemand da ist, der den nächsten Schritt schon gemacht haben könnte oder in Begriff ist, denselben zu machen,... und wir dürfen uns nicht überraschen lassen!

Präsident des Italienischen Bogensportverbandes - FITARCO **Mario Scarzella**
Vorstandsmitglied der FITA und Präsident der EMAU

Vorwort

(Park Kyung Rae)

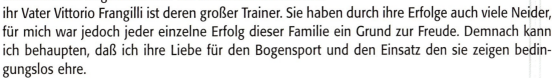

Ich bin außerordentlich erfreut, für dieses von Michele und Vittorio Frangilli geschriebene Buch ein Vorwort zu schreiben.

Ich habe Sie lange Zeit als Freunde begleitet und manchmal sogar als großer Fan.
Wie Ihr wisst, sind Michele und nun auch Carla Frangilli weltbekannte Bogenschützen auf höchstem Niveau und
ihr Vater Vittorio Frangilli ist deren großer Trainer. Sie haben durch ihre Erfolge auch viele Neider, für mich war jedoch jeder einzelne Erfolg dieser Familie ein Grund zur Freude. Demnach kann ich behaupten, daß ich ihre Liebe für den Bogensport und den Einsatz den sie zeigen bedingungslos ehre.

Durch die im „Häretischen Bogenschützen" gesammelten Erfahrungen eines Weltmeisters werden uns endlich Informationen zuteil, wie ein Weltmeister trainiert, aber vor allem wie er seinen Schießstil entwickelt.
Aber vor allem können wir durch die Lektüre dieses Buches eine bessere Selbsteinschätzung unserer Fähigkeiten erlangen und einige Tipps für eine stabile Schußtechnik.

Ich bin mir sicher, daß die Inhalte dieses Buches für Schützen aller Altersklassen und eines jeden Niveaus nützlich sein werden, egal ob Anfänger oder erfahrener Bogenschütze. Ich wünsche mir, daß jeder die Möglichkeit haben wird, diese bis heute geheime Erfolgsgeschichte lesen und verstehen zu können.

Ich bin geehrt, daß Win & Win einen, wenn auch kleinen, Beitrag für die Veröffentlichung dieses Buches geben konnte.

Park Kyung Rae

Cheftrainer der Süd-Koreanischen Mannschaften von 1984 bis 1991
Trainer der Männermannschaft Südkoreas von 1985 bis 1991
Seit 1993 Vorstand der Win & Win Archery Co.

Inhalt

Erster Teil

EINFÜHRUNG

Einführung

(Vittorio Frangilli)

Bild 1 - Athen - 2004 Olympische Spiele

Ich habe mich das erste Mal mit Bogensport befasst, als ich im Dezember 1972 in einem Waffengeschäft in meiner Heimatstadt Gallarate (bei Varese) einen Sportbogen in der Auslage gesehen habe und dort weitere Informationen in Erfahrung bringen wollte.

Im Mai 1973 wurde der Bogensportverein „Compagnia Arcieri Monica" gegründet: ich war das 23. Mitglied. Damals gab es im Italienischen Bogensportverband (FITARCO) 23 Vereine und nicht mehr als 450 Bogenschützen.

Es gab keine Trainerlehrgänge und die Ausbilder der FITARCO hatten in den Vereinigten Staaten von Amerika den TWAC (Teela Wooket Archery Camp) besucht, der ein Niveau aufwies, wie heutzutage vielleicht der Übungsleiter-Lehrgang der FITARCO, oder vielleicht sogar ein geringeres. Luigi Fiocchi, der erste Italienische Schütze der die Schallmauer der 1200 durchbrochen hatte, war im Mai 1973 der erste und einzige von der FITARCO anerkannte Trainer, als in La Monica bei Casorate Sempione (Varese) unser Bogensportplatz eingeweiht wurde. Sehr wortkarg und in Eile hat er den ungefähr 20 anwesenden Schützen erklärt, wie man Pfeile mit einem Bogen schießen konnte. Paola, meine Frau, mußte mit dem Bogen von Herrn Fiocchi schießen, einem Hoyt ProMedalist mit 40 Pfund, und wurde von den Anwesenden bewundert.

Dann begann jeder für sich auf den verschiedensten Turnieren Informationen aufzugabeln, seine eigenen Stabilisatoren zu bauen - auch mit Skistöcken! - und den Verein weiterzuführen, mit Hilfe einiger wenigen Ratschläge der „erfahrenen" Bogenschützen aus dem „entfernten" Mailand.

Das erste Buch, das sich mit der Technik des Bogenschießens befasste, wurde nur einige Jahre später herausgegeben, unter dem Titel „Das Bogenschießen", von Gianni Grosoli, dem Trainer der ABA in Mailand und der FITARCO und auch an der TWAC ausgebildet. Dieses Buch war nichts anderes als die Übersetzung des Instructors Manual der NAA (National Archery Association), des Bogensportverbandes der USA. Diese Übersetzung war auch die Grundlage der kleinen Heftchen, welche die FITARCO in den Vereinen verteilte und später das NOK an die CAS Ausbilder (CAS: Sportlehrerausbildung).

Da ich in England und Kanada Verwandte hatte, konnte ich trotz allem eine größere Anzahl an Informationsmaterial über die Technik des Bogensports sammeln. Sehr wertvoll waren für mich der Bogensportkurs in vier Bändern des Kanadischen Verbandes, der mir erlaubte, die Lehrtechnik zu verfeinern, die in den ersten Kursen der FITARCO sehr primitiv gestaltet war.

In den Jahren habe ich die Möglichkeit gehabt, mehr als tausend Menschen in den Bogensport einzuführen und ein gute Zahl dieser, sind Bogenschützen auf recht gutem Niveau geworden, einige wurden sogar Mitglieder der Italienischen Nationalmannschaft, sechs dieser Schützen sind bis dato im Italienischen Trikot auf den Podest eines internationalen Events gestiegen.

Ich habe nie aufgehört, den Bogensport zu erforschen, indem ich immer wieder versucht habe, englisch- und französischsprachige Literatur zu lesen und persönlich deren Inhalte zu erproben, auch in Bezug auf Compound und Zubehör.

Aber erst 1989, nach der Weltmeisterschaft in Lausanne der ich beigewohnt hatte, begann ich die Lehrmethodik und die Grundlagen der Schießtechnik zu verfeinern, die als Basis dieses Buches dienen. Es waren die Weltmeisterschaften des Stanislav Zabrodski und des Allen Rasor, aber vor allem die Meisterschaft der Südkoreanerin So Nyung Kim, eines wahrhaftigen Phänomens.

Es waren auch die Meisterschaften, die das Ende des traditionellen Bogensports besiegelt haben, der alten Schießtechinken, der alten Materialien, und auch der alten Italienischen Nationalmannschaft. Ich habe mein Studium 1990 bei den American Open und der WM in Krakau (Polen) 1991 fortgesetzt.

Mittlerweile hatte ich mit der praktischen Erprobung meiner Theorien begonnen, und zwar mit jungen Schützen, die es mir erlaubten, besser meine neue Lehrmethodik umzusetzen, aber auch mit einigen erfahrenen Bogenschützen, die immer wieder zu mir kamen, um einige Korrekturen vorzunehmen.

Dann kamen die große Vielzahl an Medaillen - auch Olympische - meines Sohnes Michele, wie auch die vielen weiteren meiner weniger bekannten Schützlinge und die Goldmedaille meiner Tochter Carla bei der Jugend-WM. Bis heute sind es genau 48 Medaillen in meiner Familie. Die schmeichelhaften Ergebnisse, die wir erreicht haben, und die immer wiederkehrenden Anfragen einer Vielzahl an Schützen und Trainern, nach Erläuterungen und Tipps, wie man doch am besten den Bogensport lehren könnte, haben mich sehr bald zum Entschluss gebracht, meine Erfahrungen, meine Methoden und meine Theorien auf Papier zu bringen. Aber von der Entscheidung bis hin zur Verwirklichung meines Vorhabens sind fast 10 Jahre vergangen; im Bogensport ist das schon eine halbe Ewigkeit! Dazu kamen unzählige neue Erfahrungen und Details, vor allem durch die Zusammenarbeit mit meinem Sohn Michele, der in dieser Zeit 8 Weltmeistertitel und 2 Olympische Medaillen erlangte, wie aber auch mit meiner Tochter Carla, die bereits 3 WM Titel errungen hat.

Es liegt auf der Hand, daß dieser Text nicht nur eine mit vier Händen geschriebene Erzählung unserer Erfahrungen ist, sondern auch eine überarbeitete Sammlung der in den unterschiedlichsten Magazinen veröffentlichten Artikel ist, die Michele und ich geschrieben haben. Der Titel selber - „Der Häretische Bogenschütze" - ist wissentlich auf Provokationskurs, wie auch viele meiner Theorien.

Nun, da bin ich, beziehungsweise da sind wir, bereit die Pfeile jener Puristen abzubekommen, die den fließenden Schießstil und die traditionellen Methoden bevorzugen. Wir sind auch bereit, allen zu erklären, weshalb der endgültige Bogenschütze wirklich ein „Häretiker" sein muss.

Bild 2 - Elena Mafioli, Vittorio Frangilli, Carla und Michele Frangilli

Einführung

(Michele Frangilli)

Mir fällt es nicht leicht zu schreiben. Dennoch habe ich in den letzten Jahren einige Artikel geschrieben, die meine persönlichen Erfahrungen widerspiegeln, und denen die Ehre zuteil wurde, in einer Vielzahl an Fachzeitschriften gedruckt zu werden. Ich muß sagen, daß es mir Freude bereitet hat, in direkter und auch indirekter Weise verantwortlich für die Inhalte dieses Buches zu sein, welches ich zusammen mit meinem Vater geschrieben habe, dem ich neunzig Prozent meiner Bogensportkenntnisse verdanke.

Bild 3 - 2003 Hallen Weltmeisterschaft - Nimes Frankreich

Seit November 2003 bin ich diplomierter Trainer der FITARCO: das Examen musste ich vor einer Kommission ablegen, in der mein Vater selbst auch vertreten war. Auch deshalb glaube ich, daß es auf der Welt keine ähnlichere Sichtweise gibt, wie der Olympische Bogensport zu interpretieren sei als die unsere. Wir sind die ersten Häretischen Bogenschützen und unsere Mission ist es, die gesamte Bogensportwelt zur Häresie zu konvertieren. **Folgt uns, und ihr werdet nicht enttäuscht sein!**

Bild 4 - Jugendtrainer

Zweiter Teil

DAS MATERIAL

(Vittorio Frangilli)

Beginnen wir mit der Feststellung, daß der Olympische Bogen... nicht so genannt werden soll.

Bild 5 - Das moderne Olympische Bogenschiessen

Der dem IOC angeschlossene Weltverband FITA kontrolliert den Betrieb des Olympischen Bogensports und hat Ende 1997 unser Gerät in „Recurve Bogen" umbenannt. Aber unser Bogen, über den wir in diesem Buch schreiben, ist gerade der, ... der Bogen, der bei Olympischen Spielen seit der Wiedereinführung 1972 bis heute benutzt wird. Aus Liebe und Tradition, und auch um Verwechslungen mit der Definition eines jeden Bogens mit nicht geraden Wurfarmen zu vermeiden, werde ich ihn in meinem Text so nennen, wie wir ihn alle kennen: Olympischer Bogen.

Dieses Buch ist nicht für Anfänger geschrieben worden, sondern es ist für diejenigen Schützen gedacht, die bereits geformt sind und über die bereits erlangten Erfahrungen hinaus wollen. Nichtsdestotrotz bedarf es - wie es einem jeden Bezugswerk gebührt - einiger Begriffsbestimmungen, um die Fachsprache für die beschriebenen Teile exakt zu definieren.

Die grundlegende Terminologie in Bezug auf den Olympischen Bogen ist folgende:

- Riser (Griffstück/Mittelteil): ist der mittlere Teil des Bogens, wo die Wurfarme eingerastet werden.

- Limbs (Wurfarme): die zwei flexiblen „Arme" des Bogens, die im Mittelteil einrasten.

- Sehne: die Bogensehne, aus mehreren Einzelsträngen und unterschiedlichen Garnen bestehend.

- Brace: der Abstand des Dreh- oder Pivotpunktes des Mittelteils (meistens stimmt dieser Punkt mit der Vertiefung der Griffschale überein) von der Sehne, im rechten Winkel zur selben gemessen.

- Tiller: die Differenz der Abstände von der Sehne zum Wurfarmrücken (auf der Höhe wo der Wurfarm in das Griffstück eingerastet wird), zwischen oberem und unterem Wurfarm, im rechten Winkel zur Sehne gemessen.

- Stabilisation: aus einem oder mehreren Stabilisatoren bestehend, soll verhindern, daß sich der Bogen während des Schusses bewegt.

- Visier: das Zubehörteil, welches der einzige Anhaltspunkt für das Zielen ist.

Zur spezifischen Erklärung der einzelnen Komponenten und der benutzten Materialien, verweise ich Sie auf die entsprechenden Kapitel.

Bild 6 - Heutzutage gibt es eine Vielzahl an Zubehör für den Olympischen Bogen

Ein wenig Geschichte ist notwendig um die Evolution des Olympischen Bogens vollständig zu verstehen. Seit 1959 ist es im Rahmen der FITA erlaubt, Stabilisatoren und einen Klicker zu benutzen.

Im Jahre 1968 führte der Amerikaner Fred Bear, ein großartiger Bogenschütze und Jäger, das Konzept des Take-Down Bogens ein, des in 3 Teilen zerlegbaren Recurve Bogens (Griffstück und ein Paar Wurfarme): dies erleichterte endlich allen den Transport des eigenen Bogens.

Seit 1979 erlaubt es die FITA mehr als drei Stabilisatoren zu nutzen.

Im Grunde genommen sind seit 1979 die Grundlagen des Olympischen Bogensports konstant geblieben: was sich verändert hat, sind die Materialien, die zur Herstellung der Bögen und des Zubehörs benutzt werden. Die Wurfarme mit Karbonlaminierung - um die Elastizität und Geschwindigkeit zu erhöhen - erschienen bereits Mitte der Siebziger Jahre.

Aus einem Aluminiumblock gefräste Griffstücke gibt es seit 1993, Sehnen aus fast nicht dehnbaren und unzerstörbaren Materialien gibt es seit Ende der Achtziger.

Bis 1987 dominieren Aluminiumpfeile, gefolgt zuerst von Karbonpfeilen - bis zur Weltmeisterschaft 1989 - und dann von den („bauchigen") Aluminium/Karbon Pfeilen, die heute immer noch dominieren, mit der einzigen Variante, die der Tungsten-Spitzen, Ende der Neunziger. Stabilisatoren, Visiere und anderes Zubehör erfahren immer wieder verschiedene Material-Entwicklungen, sind aber meines Erachtens nicht wirklich ausschlaggebend, da ich überzeugt bin, dass ein besseres Ergebnts vor allem von Wurfarmen, Pfeilen und dem Menschlichen Faktor diktiert wird, letzterer vor allem von der Schießtechnik beeinflusst. Die Analyse dieser ist die Basis dieses Buches.

Bild 7 - A/C/E Pfeile und Spin Wing Federn

2.2 Aluminium oder Karbon?

(Michele Frangilli)

Viele von Euch werden sich gefragt haben, ob sie nach der Freiluftsaison weiterhin die Karbonpfeile mit kleinem Durchmesser schießen sollten, oder doch lieber für die Hallensaison die dicken Aluminiumpfeile. In letzter Zeit fällt mir auf, daß immer mehr Schützen A/C/E Pfeile auch in der Halle schießen. Im letzten Winter habe ich eine kleine Statistik geführt und festgestellt, daß 65% aller Schützen mit Olympsichem Bogen dieselben Pfeile benutzt hat, wie im Freien. Man kann sich wirklich die Frage stellen, ob es besser wäre auf 18 Meter dünnere Pfeile oder die sogenannten „Ofenrohre" zu schießen.

Weshalb Aluminiumpfeile benutzen

Die Vorteile Aluminiumpfeile in der Halle zu benutzen liegen grundsätzlich nur im „Glauben" daran, daß man einige angekratzte Linien mehr für sich verbuchen kann und somit einige Ringe mehr (ich denke das ist der Hauptgrund, solche Pfeile vorzuziehen), und die Tatsache, daß diese Pfeile einfach günstiger sind, und dies schadet sicherlich nicht.
Ich selbst bin überzeugt, daß Pfeile mit großem Durchmesser nur dem einen dienen: mehr Selbstkontrolle in der eigenen Technik zu erlangen, da es nötig ist jeden einzelnen Pfeil beinahe perfekt zu schießen, um immer eine „Zehn" zu treffen.

Bild 8 - Aluminium-Pfeile auf 18 Meter

Weshalb Karbonpfeile benutzen

Es ist einfach zu behaupten - so wie ich es eben gemacht habe -, daß es notwendig ist, jeden Pfeil gleich zu schießen um immer eine Zehn zu treffen, vor allem wenn man einen zu harten Schaft ausgewählt hat, um den größtmöglichen Durchmesser benutzen zu können. Aber das perfekte Lösen, Pfeil um Pfeil, ist sicherlich nicht einfach, speziell im Wettkampf unter Stress: dann können 8er und 7er oder gar noch Schlimmeres das Ergebnis trüben und den Wettkampf

Bild 9 - A/C/E-Pfeile auf 18 Meter

20

Bild 10 - 300 Ringe auf 18 Meter in der Halle,
mit A/C/E - 29 Oktober 2000

vollends beeinträchtigen. Diese unerwünschten Fehler sind nicht nur die Folge eines schlechten Schusses, sondern auch den Aluminiumpfeilen zu „verdanken", die wegen des größeren Durchmesser, des höheren Gewichtes und des langsameren Fluges, jeden Fehler verstärken. Ich habe beide Pfeiltypen getestet und kann entschieden behaupten, daß Karbonpfeile mehr „verzeihen" als Aluminiumpfeile. Es ist mir auch schon der eine oder andere „Rupfer" oder gar katastrophale Schuss unterlaufen: dennoch war der Pfeil dann in der Neun und nicht in der Sechs, wie mir mein Gefühl vorangekündigt hatte.

Über das Verzeihen eines Fehlers kann man behaupten, daß auch mit A/C/E Pfeilen die Linien angekratzt werden und mehr Ringe die Folge sind, da diese kapitalen Ringverluste durch „Fehlschüsse" ausbleiben. Dies ist schlichtweg der Hauptgrund dafür, daß ich das ganze Jahr über Karbonpfeile benutze,... aber nicht der einzige.

Eine weiterer Grund ist zum Beispiel, daß wir Olympische Schützen (zumindest in Italien) auf Einzelscheiben und nicht auf sogenannte Ampelscheiben schießen. Deshalb sind die dünneren Karbonpfeile von Vorteil, da unerwünschte Ablenkungen die Ausnahme sind und kaum Pfeile kaputt gehen. Dies kann man wiederum nicht von den Aluminiumpfeilen behaupten, da sie durch ihren größeren Durchmesser kaum alle drei in den Zehner-Ring passen und somit ein Kontakt schwer zu vermeiden ist.

Was die Kosten betrifft, ist die scheinbare Ersparnis nur Makulatur. Aluminium kostet in der Einzelanschaffung weniger, doch brauche ich mehr Pfeile im Laufe der Saison, da der Verbrauch größer ist. Ich kann ein Beispiel nennen. Das letzte Jahr, in dem ich 2312er Alupfeile benutzte, habe ich sage und schreibe 80 davon kaputtgeschossen! Ich habe in der letzten Saison aber nur knapp 10 Karbonpfeile kaputt geschossen.

Bild 11 - 300 Ringe auf 25 Meter in der Halle
Weltrekord 598 Ringe - 25 November 2001

Lasst uns mal multiplizieren:
80 x 8,00 € = 640,00 €
10 x 22,00 € = 220,00 €

Wie ihr seht, gebt Ihr für Karbonpfeile auf Dauer nur ein Drittel aus.

Ein weiterer guter Grund Karbonpfeile nicht nur im Freien sondern auch im Winter zu schießen ist, dass das lästige Tunen und Einstellen entfällt, welches einem jeden im Laufe der Saison ein wochenlanges Kopfzerbrechen bereitet hat, bis jede Einstellung passte und das optimale Ergebnis endlich erreicht wurde, ...und seien wir ehrlich, sogar der visuelle Unterschied einer dicken Spitze im Vergleich zu einer dünnen ist eine große Umstellung, ...**oder guckt Ihr etwa nicht auf die Pfeilspitze während ihr den Pfeil aus dem Klicker zieht?**

Zusammenfassend

Es ist klar, daß viele der eben genannten Äußerungen nicht für den Compoundschützen anwendbar sind, der ja nicht auf Einzelscheiben schießt, der keinen Klicker hat und keine Pfeile „reisst". Der Compoundschütze findet im Aluminiumpfeil das korrekte Werkzeug zum Erfolg während der Hallensaison.

Wenn ein Olympischer Schütze seine Aluminiumpfeile während der Hallenwettkämpfe benutzen will, muss er bedenken, daß ein übermäßiger Durchmesser nicht ratsam ist, sondern der Schaft, der nach der Tabelle den richtigen Spine für die eigene Einstellung hat und die beste Gruppe erlaubt.

Die Technik aber sollte immer so nahe wie möglich an der absoluten Perfektion sein, da sicherlich auffallen wird, daß jeder Fehler in der Proportion zum Durchmesser des Pfeiles selbst steht. Wenn Ihr dennoch ein paar Ringe mehr machen wollt, und dies mit viel weniger Problemen, dann benutzt auch während der Hallensaison Eure Karbonpfeile, so wie ich es mache und zahlreiche andere Topschützen. Nur zum Beispiel: das Finale der Hallen Weltmeisterschaft 2003 in Nimes zwischen meinem Landsmann Ilario Di Buò und mir war ein Finale zwischen X10 und A/C/E...

(Vittorio Frangilli)

Vorwort

Dieser Kapitel will in keiner Weise ein Ratgeber sein, um in Erfahrung zu bringen, welche Pfeile besser sind als andere oder welche besser hergestellt werden. Es soll vielmehr einen Bezug zu existierenden Produkten und deren spezifischen Eigenschaften sein.

In diesem Kapitel werden nur Aluminium-, Aluminium/Karbon- und Karbonpfeile für die von der FITA vorgesehenen Wettkampfarten (Halle, Feld und im Freien) erläutert.

Einleitung

In diesem Kapitel werden wir über Pfeile sprechen und deren Auswahl. Darunter verstehe ich die Prozedur, mit der die „besten" Pfeile aus einer Gruppe ausgewählt werden oder aber welche besser unter sich gruppieren. Bevor ich anfange, möchte ich auf Ihre logische und vollkommen berechtigte Frage antworten: Weshalb die eigenen Pfeile auslesen?

Offensichtlich weil die Pfeile aus unterschiedlichen Elementen bestehen, die verbaut werden und jedes eigene Toleranzen in der Herstellung aufweist. Wenn man

Bild 12 - Ausschießen der unbefiederten Pfeile auf 70 Meter

dies dem Zufall überlässt, können diese Toleranzen durchaus in einem zusammengebauten Pfeil sehr schnell schlechtere Trefferbilder hervorrufen, als zum Beispiel zwei ausgewählte Pfeile derselben Serie. Also sollten alle die eigenen Pfeile auslesen? Sicherlich nicht! Wenn der durchschnittliche Fehler in der eigenen Schießtechnik größer ist als die Herstellungstoleranzen der Pfeile, ist es ganz und gar nicht von Nutzen eines der in Folge beschriebenen Verfahren anzuwenden.

Welches ist das Niveau, das ich erreichen muß, um von Auslese und Gruppierung der Pfeile einen Nutzen zu erfahren? Es kann nicht verallgemeinert werden, jedoch mindestens 1200 Ringe in der FITA Runde für den Olympischen Bogenschützen und 1300 für den Compoundschützen sollten eine annehmbare Grundlage bieten.

Gibt es Pfeile, die es nötiger haben einer Auslese unterzogen zu werden als andere? Ja. Statistisch gibt es einige Pfeiltypen, die in sich größere Toleranzen aufweisen als andere. Um detaillierte Informationen dazu zu erhalten, sollten Sie die offiziellen technischen Angaben der Hersteller zur Hand nehmen, die in Katalogen oder anderen Veröffentlichungen nachzulesen sind.

Der Zusammenbau einer Serie gruppierter Pfeile

Beginnen wir mit der Feststellung, daß die Notwendigkeit die eigenen Pfeile zu gruppieren direkt proportional mit der Genauigkeit im Zusammenbau derselben ist und ebenso mit der Sorgfalt in der Auswahl homogener Komponenten.

Die meisten Pfeilhersteller garantieren daß ihre Schäfte (oder Spitzen oder Nocken) derselben Verpackung aus derselben Produktionscharge stammen und deshalb rein theoretisch niedrigere Toleranzen aufweisen müssen als die, die maximal garantiert werden. Die 12er-Packung der Spitzen und Inserts eines bekannten amerikanischen Herstellers trägt sogar einen Aufdruck, der die Charge kennzeichnet. Wenn keine Präzisionswaage zur Hand ist, sollten zumindest Komponenten derselben 12er-Charge für das zu präparierende Dutzend Pfeile benutzt werden. Besser noch wäre es, gleich mehr von den Komponenten derselben Charge zu erstehen, um künftige Reparaturen und Auswechslungen ohne weitere Probleme zu ermöglichen: Also am besten gleich 24 kaufen!

Spitzen aus zwei unterzschiedlichen Chargen können bis zu 3 grains (0,195 Gramm) Unterschied aufweisen: Das ist ein Wert der

Bild 13 - Präzisionswaage

ausreicht, damit derselbe Pfeil unterschiedliche Leistungen aufweist. Was die Nocken betrifft, garantiert ein weltbekannter deutscher Hersteller, daß alle Nocken einer Größe aus einem einzelnen Formnest entstammen und deshalb alle Nocken theoretisch identisch sind. Ein amerikanischer Hersteller nutzt Mehrfachformen für dieselbe Nockgröße, gibt aber an, nur Nocken desselben Formnestes in jedem 12er-Pack zu verkaufen: Dies bedeutet für Sie, niemals Nocken unterschiedlicher Chargen dieses Hersteller mischen, da diese unterschiedliche Eigenschaften haben könnten. Aus den eben genannten Gründen liegt es auf der Hand, daß es keinen Sinn macht, alte und neue Nocken zu mischen.

Die Pfeilschäfte selber zeigen wiederum eine andere Problematik auf.

Die A/C/E Alu-Karbon Pfeile von Easton, zum Beispiel, werden in unterschiedlichen Gewichtsgruppen unterteilt, den berüchtigten „C"-Gruppen, die auf jedem Pfeil aufgedruckt sind. Das effektive Gewicht der Pfeilschäfte (in deren gesamten Länge) ist garantiert innerhalb einer 3 grains (0,195 Gramm) Toleranz in einer „C"-Gruppe; innerhalb des Dutzends Pfeile ist das Gewicht des einzelnen Pfeiles bei voller Länge in +/- 0,5 grains (0,03 Gramm) gewährleistet. Dies bedeutet also, daß eine Verpackung eines bestimmten Dutzends, Pfeile mit einem unterschiedlichen „C"-Wert beinhaltet als eine andere Verpackung mit demselben Gewicht. Darüber hinaus ist festzustellen, dass es „C"-Werte zwischen 1 und 7 gibt und daraus folgt, dass zwischen dem leichtesten und dem schwersten Pfeil mit demselben Spine sogar 18 grains (1,17 Gramm) Unterschied bestehen können und dies gepaart mit der Toleranz von 0,5 grains.

Deshalb ist es offensichtlich, dass man nicht Pfeile mit unterschiedlichen „C"-Werten mischen sollte. Es ist aber auch zu beachten, dass Pfeile derselben „C"-Gruppe einen maximalen Gewichtsunterschied von 7 grains (0,455 Gramm) aufweisen können!

Einen Pfeil einer neuen Charge mit den Pfeilen mit dem von Ihnen bereits benutzten „C"-Wert zu mischen und zu benutzen, ist demnach ein reines Glücksspiel!

Um den Markt diesbezüglich zu kontrollieren, hatte Easton ursprünglich die unterschiedlichen „C"-Gruppen in den unterschiedlichen Kontinenten nicht vermischt: das heißt, dass nach Italien und in die restlichen Länder Europas zum Beispiel die C3 und C4 Gruppen exportiert wurden, in USA die C5 und C6 Gruppen verkauft wurden und in Asien die C1 und C2. Dies ist aber seit einiger Zeit nicht mehr der Fall: also aufpassen wenn Sie Ihren neuen Satz Pfeile bestellen! Sollten Sie die Nutzung von Aluminiumpfeile in Betracht ziehen, dann ist nicht nur das Gewicht ein Faktor, sondern auch der Rundlauf. Unterschiedliche Chargen können wesentliche Gewichtsunterschiede zeigen, während die Toleranzen im Rundlauf in einigen Fällen besonders groß sein können. Vergleichen Sie deshalb immer die vom Hersteller angegebenen Werte und, ich betone es nochmals, mischen Sie nie zwei unterschiedlichen Pfeilserien, ohne eine präventive Kontrolle durchgeführt zu haben, ob diese zusammenpassen oder nicht.

Die Pfeilkomponenten auswählen

Wie bereits gesagt, ist es sehr wichtig von vorne herein die einzelnen Komponenten nach Gewicht und Beschaffenheit zu gruppieren, damit diese so homogen wie möglich sind.

In Bezug auf die Spitzen ist eine Präzisionswaage unumgänglich (solche Waagen werden auch beim Wiederladen von Patronen benutzt). Die Spitzen und Inserts sind einzeln zu wiegen und nach Gewichtsgruppen so zu sortieren, dass diese - nachdem sie montiert wurden - möglichst dasselbe Gewicht aufweisen oder höchstens einen Unterschied von 1 grain (0,065 Gramm).

Die Schäfte müssen sehr sorgfältig geputzt werden, auch und vor allem im Inneren mit einem Pfeifenreiniger: Alkohol eignet sich am besten sowohl für Aluminium als auch für Karbon, Trichloräthylen nur für Aluminium. Anschließend müssen die Pfeile nach Gewicht gruppiert werden.

Aluminiumpfeile müssen ebenso auf Ihren Rundlauf geprüft werden, am besten mit einem Pfeilrichtgerät, mit Hundertstel-Einteilung: ein guter Pfeil darf auf seiner gesamten Länge einen Schlag von nicht mehr als einen Hundertstel Millimeter aufweisen.

Für Karbon- oder Aluminium/Karbonpfeile gibt es leider keine Möglichkeit für jedermann diese Tests mechanisch durchzuführen, außer den Part der das Wiegen betrifft. Eine Maschine die den Spine und den Schlag im Rundlauf misst gibt es meines Wissens weltweit nur in Deutschland bei einem renommierten Bogensporthersteller und diese funktioniert einwandfrei, aber sie ist für Ottonormalverbraucher nur schwer zugänglich.

Auswahl von neuen Pfeilen - Grundsätzliches (Karbon oder Aluminium/Karbon)

Nehmen wir an, Ihr habt gerade Eure 12 oder 24 oder noch mehr brandneuen mit Sorgfalt nach den eben genannten Regeln aufbereiteten Pfeile fertig gemacht. Wie können aus diesen Pfeilen die besten ausgewählt werden, eben jene Pfeile, die Sie bei Ihrem nächsten Wettkampf im dritten Stechen schießen wollen, oder den Pfeil der über Sieg und Niederlage entscheidet, eben den Pfeil der näher an der X steckt?

Hier einige Möglichkeiten.
1) Der Bogen ist bereits getunt und die Pfeile sind theoretisch gleich:
Die Auswahl erfolgt durch wiederholtes Schießen der unbefiederten Pfeile auf einer Distanz Ihrer Wahl, zwischen 30 und 70 Metern, je nach Ihren Fähigkeiten.
2) Der Bogen muss noch auf Ihre neuen Pfeilen abgestimmt werden:
Sie befiedern mindestens 6 Pfeile und stellen den Bogen so ein, dass Sie zwei weitere Pfeile ohne Befiederung als Referenz nehmen: Diese beiden Unbefiederten sollten beide im selben Punkt der Scheibe auftreffen. Anschließend entfernen Sie die Federn wieder von den 6 Pfeilen und verfahren gemäß Punkt 1.

Auswahl von neuen Pfeilen - im Detail
(Karbon oder Aluminium /Karbon)

Bild 14 - Alle Unbefiederten auf 70 Meter

Die Pfeile, alle unbefiedert, müssen durchnummeriert werden, damit sie leichter identifiziert werden können. Nachdem Sie eine neue Auflage in der für die Distanz angemessene Größe (z.B. eine 122cm Auflage für 70m) auf der Scheibe befestigt haben, beginnen Sie die unbefiederten Pfeile zu schießen. Bevor Sie einen Pfeil schießen, kontrollieren Sie immer die Nummer. Falls der Schuß nicht einwandfrei durchgeführt wurde, notieren Sie die Nummer, damit dann der Pfeil auf der Scheibe ausgemacht werden kann. Schießen Sie alle Pfeile und gehen dann zur Scheibe und ziehen jeden Pfeil raus, nachdem Sie ihn eingekreist und den Kreis mit seiner Nummer versehen haben. Den oder die schlecht geschossenen Pfeile dürfen hingegen gezogen werden, ohne auf der Scheibe eingekreist zu werden: diese sollen nicht gewertet werden.

Wiederholen Sie diese Prozedur mindestens drei oder vier Mal für jeden einzelnen Pfeil. Danach müssen Sie auf der Auflage die zwei von drei oder drei von vier unter sich am nächsten gelegenen Treffer eines jeden unbefiederten Pfeile ausmachen.

Wenn diese eine relativ kleine Fläche erzeugen, sind die Schüsse sicherlich mit einer gewissen Gleichmäßigkeit durchgeführt worden. Wenn hingegen dies nicht der Fall sein sollte, muß jeder einzelne Pfeil ausgesondert werden, da er weiteren Tests unterzogen werden muss.

Nun ziehen Sie eine Linie, die die kleinstmögliche Fläche eingrenzen soll, in der die meisten Pfeile einbezogen werden können. Durch diverse Faktoren, die sich während der Versuche verändern können, wie zum Beispiel sich ändernde Licht- oder Windverhältnisse, kann es sein,

Bild 15 - Bestimmung der Zonen

dass es horizontale und/oder vertikale Schwankungen geben kann: dies sollte berücksichtigt werden. Generell werden wir also keine Kreise um die Einschusslöcher mit derselben Zahl ziehen, sondern Ellipsen, die sich auf der horizontalen oder vertikalen Achse verschieben können.

Notieren Sie nun alle Pfeilnummern, die in der soeben eingegrenzten Fläche liegen und stellen Sie fest, welche zwei Pfeile am nächsten der geometrischen Mitte des Feldes liegen. Diese zwei Pfeile werden unsere unbefiederten Referenzpfeile der soeben ausgesuchten Turnierpfeile werden.

Die restlichen Pfeile, die nicht innerhalb dieser Fläche gelegen haben und eventuell sogar die, die auf der gesamten Scheibe verteilt sind, können in neue Gruppen unterteilt werden und als zweite Wahl im Turnier geschossen werden bzw. als Trainingspfeile benutzt werden. Wichtig: Mischen Sie nie Pfeile der drei Gruppen (Turnierpfeile, 2. Wahl und Trainingspfeile)!

Auswahl neuer Pfeile - Grundsätzliches (Aluminium)

Wie bereits bei den Karbon- und Aluminium/Karbonpfeilen gibt es zwei Möglichkeiten:
1) Der Bogen ist bereits getunt und die Pfeile sind theoretisch gleich: Die Auswahl erfolgt durch wiederholtes Schießen der unbefiederten Pfeile auf 18 Meter, auf Einzelscheiben (die bis zum Sechser-Ring), ein Pfeil pro Scheibe.
2) Der Bogen muss noch auf Ihre neuen Pfeilen abgestimmt werden: Sie befiedern mindestens 6 Pfeile und stellen den Bogen so ein, dass Sie zwei weitere Pfeile ohne Befiederung als Referenz nehmen: d.h. auf 18 Meter müssen sie so nahe wie möglich an der geometrischen Mitte der Scheibe auftreffen. Anschließend entfernen Sie die Federn wieder von den 6 Pfeilen und verfahren gemäß Punkt 1.

Auswahl von neuen Pfeilen - im Detail (Aluminium)

Auf 18 Meter sollten eine genügende Anzahl von 40cm Zielscheiben angebracht werden. Normalerweise eignen sich zu diesem Zweck am besten zwölf 40er Scheiben.
Die unbefiederten Pfeile müssen alle durchnummeriert sein, damit sie einwandfrei identifiziert werden können. Nun müssen Sie Serien á 12 Pfeile schießen (oder so viele wie Sie imstande sind korrekt durchzuführen), indem Sie in jede Auflage nur einen Pfeil schießen. Die Pfeile sollten gemischt geschossen werden und die Nummern vor dem Schuß nicht kontrolliert werden. Nach jeder Passe müssen die Pfeile in eine eigens dafür vorgesehene Tabelle eingetragen werden, indem die Pfeilnummer und das Ergebnis erfasst wird. Dann werden die Pfeile nochmals gemischt in den Köcher gegeben und geschossen, wiederum ohne auf die Nummer zu sehen. Führen Sie diesen Test mindestens fünf Mal pro Pfeil durch. Wenn Sie mehr als 12 Pfeile haben und einige Pfeile nicht oft genug geschossen worden sind (da sie ja die

Pfeile mischen und nicht auf die Nummer sehen, kann es sein, daß bestimmte Nummern nur ein oder zwei Mal geschossen worden sind), schießen Sie diese auch - diesmal bewusst - insgesamt fünf Mal und erfassen das Ergebnis. Am Ende zählen Sie die Ergebnisse der einzelnen Pfeile zusammen und generieren eine Ergebnisliste, die Ihnen Aufschluss über die Qualität der Pfeil geben wird: die Pfeile mir dem besten Ergebnis werden dann Ihre Turnierpfeile sein, der Pfeil mit dem absolut besten Ergebnis wird der unbefiederte Referenzpfeil der Serie.

Alte und Neue Pfeile: wie werden diese gruppiert?

Die Methode scheint drastisch zu sein, ist aber die einzig mögliche. Die Spitzen und Nocken der alten Pfeile müssen mit Spitzen derselben Gewichtsklasse und Charge bzw. mit Nocken derselben Charge ausgetauscht werden. Den alten Pfeilen müssen die Federn (und alle Kleberreste!) entfernt werden und dann können sie, mit den neuen Pfeilen vermischt, wieder den Gruppierungstest mitmachen; unter Umständen wird sich der eine oder andere Pfeil in die Gruppe der neu erstandenen Pfeile einfügen, obwohl er es im vorhergehenden Test nur zum Status eines Trainingspfeiles gebracht hatte. Eine schnellere und einfachere - aber nicht so genaue - Methode ist, einen unbefiederten Referenzpfeil mit den neuen unbefiederten Pfeilen zu schießen. Wenn dieser mit der neuen Serie von unbefiederten Pfeilen gruppiert, hat man Glück gehabt, ansonsten können Sie die alten Pfeile nicht mir den neuen vermischen, ohne eingehende und komplette Tests gemacht zu haben, wie vorhin beschrieben.

Auswahl von Pfeilen, die bereits länger in Gebrauch sind

Leider sind Pfeile nicht für die Ewigkeit bestimmt und verändern ihre Eigenschaften - wenn auch minimal - nach jedem gemachten Schuss. Wie können Sie, wenn Sie kurz vor einem wichtigen Turnier sind, Ihre sieben besten Pfeile bestimmen, die Ihnen die lang ersehnten 1300 Ringe bescheren könnten? Dies ist sehr einfach und schnell zu bewerkstelligen: benutzen Sie den Detail-Test für die neuen Aluminimpfeile (den mit der Ergebnistabelle für jeden Pfeil): bei Alupfeilen schießen Sie auf 18 Meter, während Sie bei Karbon und Alu/Karbon die Distanz wählen, die sich am besten für Ihr Niveau eignet (30, 50 oder 70 Meter).

Warten Sie auf jeden Fall Ihre Pfeile!

Eine korrekte und konstante Wartung ist das A und O, um Ihre Pfeile optimal performen zu lassen und so deren Leben zu verlängern.
Die Spitzen und eventuelle Inserts müssen immer perfekt verklebt sein, auch ineinander. Falls Sie einmal Vibrationen spüren, müssen sie herausgenommen und neu geklebt werden. Um Vibrationen auszumachen, schlagen sie am besten leicht den Pfeil mit der Spitze gegen einen härteren Gegenstand: wenn sie dann Vibrationen spüren, dann müssen Sie handeln
Die Nocken müssen regelmäßig getauscht und immer wieder kontrolliert werden, damit sie nicht plötzlich ihren Dienst versagen. Die Federn aus Mylar (z.B. Spin Wing) müssen immer geprüft werden, ob die Oberfläche glatt ist und keine Nasen oder Falten die ursprüngliche Form beeinträchtigen. Ebenso muss gewährleistet werden, dass die Klebebänder gänzlich über den Enden der Feder angebracht sind und so die Enden eng am Schaft anliegen. Naturfedern sollten keinen Bruch enthalten und eine identische Form besitzen, ansonsten müssen sie erneuert werden. Die Pfeilschäfte selbst müssen periodisch mit Alkohol penibel gereinigt werden (nie lösungsmittelhaltige Flüssigkeiten verwenden, damit das Kunststoffzubehör nicht angegriffen wird). Eine jede Ablagerung auf dem Pfeil, speziell im vorderen Teil, wo der Pfeil in der Scheibe steckt, kann die Wiederholbarkeit des Schusses beeinträchtigen.
Die Pfeile sind bei weitem der wichtigste Teil Ihrer Ausrüstung! Behandeln Sie diese dementsprechend!

Das Vergleichen der Leistung der Wurfarme

(Vittorio Frangilli)

Noch nie konnte ein Bogenschütze unter so vielen unterschiedlichen Wurfarmen für sein Mittelteil wählen.

Als Hoyt vor über 20 Jahren den TD4 einführte, hätte er wahrscheinlich nie geglaubt, daß er nicht nur einen Bogen erfunden hatte, sondern einen Standard der Wurfarm-Fixierung ins Leben gerufen hatte, der heute als „Universal Hoyt Steckverbindung" bezeichnet wird.

Wieviele Wurfarmhersteller gibt es denn heutzutage, die nicht nur einen sondern auch mehrere unterschiedliche Wurfarmtypen mit der Hoyt Standard Steckverbindung herstellen?

Wir versuchen einige aufzuzählen und sicher werden wir den einen oder anderen vergessen:

In den USA, Hoyt und Sky Archery; in Großbritannien, Border und KG Archery; in Korea, Win & Win, Samick und Cartel; in Japan, N Products; in Belgien, Green Horn.

Nun, mindestens zehn Hersteller (die ihre Wurfarme zum Teil unter einer Vielzahl von Untermarken verkaufen), die bis zu drei unterschiedliche Wurfarmtypen auf dem Markt anbieten.

Das bedeutet, dass der glückliche Bogenschütze, der sich zur Zeit ein Paar neuer Wurfarme zulegen will, theoretisch unter 30 unterschiedlichen Wurfarmtypen auswählen kann.

Aber gerade diese große Auswahl, die noch vor fünf Jahren undenkbar gewesen wäre, bereitet dem möglichen Neukunden Kopfzerbrechen, da es leicht ist, sich im Dschungel der Marken, Kürzel, Namen und unterschiedlichen Materialien zu verirren. Mit Verbraucherpreisen eines Wurfarmpaares zwischen 70 und über 600 Euro wird sich jeder neue Bogenschütze zudem fragen, welche Wahl die richtige sei. Dieses Kapitel will versuchen, diesen Chaos zu mindern.

Ein wenig Theorie und Grundwissen

Um das Thema Wurfarme **besser anschneiden zu können, sollten wir anfangen über... Mittelteile zu sprechen.**

Die Hoyt Wurfarme mit Standardverbindung wurden für das Hoyt TD4 Mittelteil entwickelt. Auf diesem Mittelteil montiert, sollten die von Earl Hoyt in den vorhergehenden Jahren festgelegten und getesteten Geometrien für Take-Down Bögen - z.B. beim TD3 und TD2B - widerspiegeln. Deshalb musste die Geometrie im Gesamten bestimmte Kurven und eine gewisse Dynamik einhalten, Frucht einer jahrelangen Evolution. Einziger großer Unterschied im TD4 Mittelteil (auch wenn im TD3 zum Teil schon angedeutet), war die Möglichkeit der Verstellung der

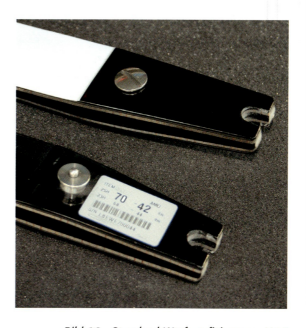

Bild 16 - Standard Wurfarmfixierung - Hoyt

Wurfarmtaschen und somit des Tillers und - wenn auch nur in geringer Weise - der Zugkraft. Diese Struktur bedarf eines etwas längeren Mittelteiles als die des TD3: dies war die Geburtsstunde des 25″ Mittelteiles, eine Länge welche bis heute ca. 80% des Weltmarktes beherrscht. Da die Wurfarme auf einem 25″ Mittelteil montiert wurden, mussten diese im Vergleich zum TD3 gekürzt werden, damit ein Bogen mit ähnlichen Kurven entstehen konnte.

So war der Standard der Verbindung geboren und die Hersteller auf der ganzen Welt begannen Mittelteile mit unterschiedlichen Materialien und Herstellungsmethoden zu produzieren (vor allem waren es Mittelteile aus einem gefrästen Aluminiumblock), die es erlaubten Wurfarme mit der Hoyt Standard Verbindung zu benutzen,... und zu der Zeit war Hoyt der einzige Hersteller dafür!

So war das Standard-Mittelteil geboren, welches - obwohl in einer Vielzahl an unterschiedlichen Designs erhältlich - stets die Geometrie des Hoyt TD4 benutzte.

Noch heute kann man bei vielen der auf dem Markt erhältlichen Mittelteile erkennen, dass die Wurfarmtaschen und die Geometrie der Auflage-Ebenen praktisch alle identisch sind, eventuell nur mit minimalen Unterschieden, von höchstens ein bis zwei Grad.

Ist auch irgendwie logisch: es kann kein Standard-Wurfarm bestehen, der nicht auf ein Standard-Mittelteil angebracht werden kann. Deshalb sind alle im Handel befindlichen Mittelteile in Anbetracht der Funktionalität der Wurfarme und der miteinander in Beziehung gebrachten Geometrien vergleichbar.

Wenn also die Mittelteile vergleichbar sind und die Wurfarme die von Earl Hoyt im TD4 benutzten Geometrien benutzen, woher stammen die Unterschiede in all diesen Wurfarmen, die zurzeit auf dem Markt sind?

Weshalb kostet ein Wurfarm mehr als der andere?

Weshalb sollte ein Wurfarm schneller sein als ein anderer (d.h. weshalb sollte er den Pfeilen eine höhere Geschwindigkeit übertragen)?

Welches sind die Parameter, die man beim Kauf beachten sollte?

Nun ist es an der Zeit über Wurfarme zu sprechen.

Die Werkstoffe der Wurfarme

Dies will nicht ein Kapitel über die Technologie der Herstellung von Wurfarmen sein und deshalb ist es ausreichend, die unterschiedlichen hauptsächlich verwendeten Materialien in der Herstellung von Wurfarmen von modernen Take-Down Bögen zu beschreiben und in einigen wenigen Kategorien einfach zu unterteilen, sowie deren Funktionen und Vor- und Nachteile aufzuzeigen.

- Glasfaser: sie wird in fast allen Wurfarmen auf der Front- und Rückseite bzw. auf der Zug- und Kompressionsseite benutzt. Sie liefert dem Wurfarm die nötige Elastizität. Die elastischen Eigenschaften und die Güte des benutzten Laminats sind mit die wichtigsten Gründe für die Endgeschwindigkeit des Wurfarmes.
- Holz: wird als Kern der Wurfarme benutzt. Gibt dem Wurfarm die Struktur. Leichtes und kostengünstiger Werkstoff, seit jeher zur Herstellung von Bögen benutzt.
- Schaum oder synthetische Werkstoffe: sie werden als Ersatz des Holzes als Kern des Wurfarmes verwendet. Der synthetische Schaum (= foam) ist genauso leicht wie Holz, erlaubt zwar eine homogenere Strukturierung des Kerns im Vergleich zum Holz, er leidet aber unter einer angeborenen Sprödigkeit. Andere synthetische Materialien oder gemischte Lösungen bieten bessere Möglichkeiten, erhöhen aber das Eigengewicht der Wurfarme und verringern so ihre Geschwindigkeit.
- Karbonnetze oder Karbonfasern: werden zur strukturellen Verstärkung verwendet, um die Elastizität, Torsion und/oder Steifigkeit zu optimieren. Eine dünne Lage Karbonfasern auf einer oder beiden Wurfarmseiten gibt dem Wurfarm eine höhere Elastizität und somit Geschwindigkeit. Karbonnetze in spezifischen Punkten des Wurfarmes, geben höheren

Widerstand gegen Torsion und höhere Steifigkeit, bei geringem Gewichtzuwachs. Der Effekt der Karbonfasern auf die Geschwindigkeit wird aber meist überschätzt und liegt meist unter zwei Prozent des Endergebnisses: viel wichtiger ist in diesem Rahmen die bereits beschriebene Güte der Glasfaser.

● Neuere Lösungen zeigen Karbonfasern die in Netze verstrickt werden, um so

Bild 17 - Nishizawa Wurfarme Typ 2880 - 1991

die Glasfaser auf den beiden Wurfarmseiten zu ersetzen, mit dem Ergebnis einer höheren Leichtigkeit und Elastizität. Aber auch synthetische Werkstoffe werden mittlerweile verwendet, um den Kern des Wurfarmes zu ersetzen: dadurch wird die Struktur homogener, sowie Torsion und Steifigkeit optimiert.

Zusammenfassend ist festzustellen, dass ein Karbonwurfarm mit einem synthetischen Kern wahrscheinlich stabiler und homogener ist als einer aus Holz-Glasfaser, jedoch nicht auf jedem Fall schneller. Je mehr unterschiedliche Lagen unterschiedlicher Materialien miteinander kombiniert werden, desto teurer wird ein Wurfarm. Nicht von Ungefähr waren seinerzeit die japanischen Nishizawa Wurfarme mit ihren 18 Lagen die weitaus teuersten Wurfarme auf dem Markt. Einfache Schulbögen bestehen meist aus 3 Lagen.
Was kann denn noch zur „Leistung" unserer Wurfarme beisteuern, nachdem wir die Materialien in Augenschein genommen haben?

Die Krümmung der Wurfarme

Der Compoundbogen wurde vor fast 2000 Jahren erfunden,... um präziser zu sein; die Tataren und Hunnen waren die Erfinder des Kompositbogens (ein aus mehreren Lagen unterschiedlicher Materialien bestehender Bogen, die miteinander verleimt waren) und benutzten als Erste überhaupt das Prinzip der Hebelwirkung, um extrem kurze Bögen mit langen, linearen Enden herzustellen. Durch den Hebeleffekt hatte der Schütze bei vollem Auszug das Gefühl, weniger Gewicht zu ziehen, der Bogen konnte aber trotzdem den Pfeil weitaus besser beim Abschuss beschleunigen, wie bis zu dem Zeitpunkt bekannte Bögen.
Ich möchte wiederum nicht ins Detail der unterschiedlichen Wurfarmgeometrien gehen, sondern nur an den Unterschied zwischen einem englischen Langbogen (Longbow) und dem traditionellen Recurvebogen erinnern: dieser Unterschied ist gegeben durch die Wurfarmkrümmung und die Krümmung der Wurfarmenden, ein Unterschied der den Recurvebogen den „prähistorischen Compound" der Tataren nahe bringt.
Jeder erkennt einstimmig Earl Hoyt an, zuerst mit dem Pro Medallist und dann mit dem Gold Medallist und schlussendlich mit dem TD4, die bestmögliche theoretische Wurfarmform entwickelt zu haben, die seither von Herstellern auf der ganzen Welt nachgeahmt wird. Bessere Form bedeutet besseren Kompromiss zwischen Krümmung und Stabilität, zum einen für eine höhere

Geschwindigkeit, zum anderen für eine höhere Präzision und einem konstanteren Schießverhalten. Zu Beginn der 80er Jahre gab es einzig den japanischen Hersteller Nishizawa, der von dem Design von Earl Hoyt abwich und dies gänzlich, mit dem 2880er Modell. Das Wurfarmende wurde drastisch versteift, um eine größeren Torsionswiderstand zu erlangen, und die Krümmung wurde Richtung Aufnahme des Wurfarmes verschoben, so dass bei vollem Auszug der Effekt eines plötzlichen Anstiegs der Kraftkurve erreicht wurde. Fast wie beim Tatarenbogen! Weil aber eine solche Wurfarmgeometrie den horizontalen Schwingungen beim Abschuss nicht standhalten konnte, wurden 18 Lagen unterschiedlicher Materialien in die Problemzone dieser Wurfarme verarbeitet. Ein sehr kostspieliger Prozess, der die Verbreitung dieses Bogens verhinderte. Hiroshi Yamamoto, weltbekannter japanischer Topschütze, nutzte diesen Bogen als er den Weltrekord auf 70 Metern schoss, 344 Ringe, der über zehn Jahre lang hielt. Heute sind wir bei 347 Ringen bei den Herren und 351 bei den Damen angelangt,...aber mit ganz anderen Materialien. Was hindert denn die Hersteller daran moderne Werkstoffe zu benutzen, um damit schnellere Wurfarme zu bauen? Es ist ein wenig wie die Theorie des Ultraschallflugzeuges Concorde... ist

Bild 18 - Win & Win Wurfarme - 2005

es besser ein Ultraschallflugzeug mit 100 Sitzplätzen und einer Geschwindigkeit von 2500 km/h für einige wenige reiche Reisenden zu bauen, oder drei- bis viertausend Flugzeuge die mit 450 Sitzplätzen Menschen zu vernünftigen Preisen befördern?

Die Kosten sind der Grenzpunkt, nicht die Technologie.

Daher versuchen die Hersteller mit jedem neuen Produkt ein wenig mehr Geschwindigkeit zu erlangen, indem sie die Krümmung so weit an das Limit verschieben, welches die Materialien der Wurfarme selbst erlauben. Aber Wurfarme mit einer Torsionssteifigkeit weit weg von den Wurfarmenden zu bauen, bedeutet diese breiter und schwerer in den kritischen Zonen zu bauen: somit verliert man wiederum einen Teil der Geschwindigkeit, die mit der erhöhten Krümmung erlangt wurde. In der immerwährenden Suche nach dem besten Kompromiss, hat ein einziger Hersteller, Hoyt, mit seinen FX Wurfarmen einen anderen Weg eingeschlagen, indem er die Dicke des Kernes anderweitig verteilt hat. Den besten relativen Leistungszuwachs hat hingegen die Firma Win & Win zu verzeichnen: sie hat verschiedene Materialien getestet, sie verzichtet auf Glasfaser, ersetzt sie mit gekreuzten Karbonnetzen und benutzt einen Schaumkern mit Bienenwabenstruktur. Dies wird alles durch die ausgeprägte Krümmung unterstrichen, von der ich bereits gesprochen habe.

Welches sind denn nun die besten Wurfarme?

Die Frage ist tückisch und die Antwort nicht einfach. Der Bogenschütze will schnelle, stabile Wurfarme haben (die ein schlechtes Lösen noch ausgleichen) und, warum nicht, wenig kosten. **Der Markt bietet jedoch immer nur einen Kompromiss....**

Ändern wir nun die Fragestellung: Will der Schütze nun schnellere Wurfarme als die, die er momentan benutzt, die aber nicht instabiler sein sollen?... Wie kann er aus der Vielzahl im Handel erhältlichen Wurfarmtypen den auswählen, der am besten zu ihm passt?

Es gibt darauf, wie immer, unterschiedliche Antworten: er fragt seine Schützenkollegen, er informiert sich in Bogensportmagazine oder er fragt einen Händler... und am Ende kauft er ein Paar

Bild 19 - Hiroshi Yamamoto - 1990 - Nishizawa Formula Gold, eine Weiterentwicklung des Modells 2880

Wurfarme, von denen er denkt, dass sie seinen Ansprüchen gerecht werden könnten, und, zur Sicherheit, mit ein paar Pfund mehr, denn: "man weiß ja nie!!..." Dann geht er auf den Trainingsplatz, baut seinen Bogen zusammen und merkt, dass er ja gar nicht weiß, wie er erkennen soll, ob sein Kauf die positiven Ergebnisse geben kann, die er sich erhofft hat, wie er erkennen soll, ob seine neuen oder seine alten Wurfarme besser waren. Sind denn die neuen wirklich besser?

Das Vergleichen zweier unterschiedlicher Wurfarmpaare

Das Vergleichen zweier unterschiedlicher Wurfarmpaare ist ein Thema, welches unterschiedliche objektive und subjektive Parameter beinhaltet, darunter die primäre Voraussetzung, ob die Wurfarme überhaupt vergleichbar sind Es macht keinen Sinn, die Leistung zweier 68 Zoll Wurfarme der Marke A mit 66 Zoll Wurfarmen der Marke B zu vergleichen, oder Wurfarme mit nominellen 44 Pfund der Marke A mit Wurfarmen mit 38 Pfund derselben Marke.

Wurfarme können nur vernünftigerweise verglichen werden, wenn die Länge übereinstimmt und die Pfundstärke innerhalb zweier Pfunde ist (die Mess-Toleranz bei gleicher Pfundstärke ab Werk kann je nach Hersteller bis zu vier Pfund ausmachen). Bei Wurfarmen die wirklich „ähnlich" sind, kann der direkte Vergleich ausreichende und glaubwürdige Ergebnisse geben, wie auch wertvolle Hinweise auf die reellen Leistungsmöglichkeiten der gewählten technischen Lösungen.

Die direkte Vergleichsmethode die hier beschrieben wird, wurde von Michele im Winter 1999/2000 getestet und immer wieder verbessert. Es kam dazu, weil er in jener Zeit gleichzeitig eine große Anzahl verschiedener Wurfarme von einigen Herstellern bekommen hatte, die alle direkt miteinander vergleichbar waren.

Die Methode

Es drehte sich in diesem spezifischen Fall darum, verschiedene Wurfarme untereinander zu vergleichen, die alle auf demselben Mittelteil mit derselben Sehne montiert wurden und dieselben Pfeile damit geschossen wurden. Daraufhin haben wir die physisch erbrachte Leistung (objektive Parameter) und die empfundene Leistung (subjektive Parameter) in einer jeweils reellen Schusssituation verglichen. **Wie?**

Wir haben damit begonnen jedes einzelne Wurfarmpaar immer auf denselben Referenzbogen aufzubauen, der auf 18 Meter nach den Vorgaben von Michele Frangilli jeweils bestens getunt war. Um einen nicht allzu komplizierten Ablauf der Tests zu gewährleisten, waren die erforderlichen Tuningparameter nicht so streng: Es reichte die 3 befiederten A/C/E/ im Zehnerring zu haben, während der unbefiederte im Gelben sein sollte (die reelle Einstellung für Michele ist ein wenig genauer, doch für die Wurfarmtests war sie ausreichend). Dieser erste Test ergab den ersten objektiven Parameter, der vom ersten subjektiven Parameter begleitet war: die Schwingungen und die Stabilität des Wurfarmes beim Abschuss, optimiert durch Arbeit an der Standhöhe der Sehne, mussten so gering bzw. so hoch wie möglich sein. Für diesen Parameter ist der Ausdruck „Vibrationsindex" geschaffen worden, der so umschrieben werden kann: subjektive Zeit nach dem Abschuss, während der ein Schütze Schwingungen am Bogen verspürt. „Index Null" bedeutet keine Schwingungen, „Index 1,5" bedeutet dass die Schwingungen drei Mal länger angedauert haben als bei „Index 1"...

Die Testreihen sollen wie folgt verfahren:

- Neutraler Tiller (Nulltiller) mit durchschnittlicher Standhöhe der Sehne
- Ungefähre Einstellung der Pfundstärke, des Nockpunktes und des Plungers
- Einstellung der Standhöhe um den Vibrationsindex beim Abschuss so gering wie möglich zu halten
- Feineinstellung der Pfundstärke, des Nockpunktes und des Plungers um die Gruppe und das Auftreffen des unbefiederten Pfeils zu optimieren
- Messung der Zugkraft am korrekten Auszug (Pfeilspitze gerade durch den Klicker gezogen)
- Messung der Pfeilgeschwindigkeit in Fuß pro Sekunde (fps), vier Mal wiederholt.

Die im Jahr 2000 erreichten Ergebnisse sind in der Tabelle Nr.1 zusammengefasst.

Ein ähnlicher Test wurde auch 2005 durchgeführt. Es wurden aber nur Wurfarme eines koreanischen Herstellers benutzt, die nach der Durchführung des ersten Tests entwickelt und vermarktet worden waren. Die Ergebnisse dieser Tests sind in Tabelle Nr.2 enthalten: diese Daten heben eindeutig hervor, wie die Effizienz der Wurfarme erhöht worden ist, die in den letzten Jahren entwickelt und gebaut wurden.

Schlussfolgerungen

Die erlangten Ergebnisse erlauben es uns interessante Überlegungen anzustellen.

Die erste ist, dass die Abschussgeschwindigkeit des Pfeils bei Wurfarmen mit praktisch identischer Krümmung und gleicher Einstellung so gut wie gleich ist (+/- 1 %). Das bedeutet, dass die schnelleren Wurfarme diejenigen sind, die dieselbe Geschwindigkeit bei einer geringeren Zugkraft erlauben.

Die zweite Überlegung ist folglich, dass nur drastisch unterschiedliche Krümmung oder Struktur der Wurfarme dem Pfeil eine höhere Geschwindigkeit bei gleichem Tuning übertragen können (dank eines unterschiedlichen Power-Strokes, der auf den Pfeil einwirkt). Die dritte Überlegung ist, dass die Stabilität des endgültigen Wurfarm/Bogen Systems (Vibrationsindex) effektiv die Überhand beim endgültigen

Urteil des Systems bekommt, unter der Voraussetzung, dass keine zu hohe Zugstärke benutzt wird. Welche weiteren Parameter müssten in Betracht gezogen werden, um einen optimale Wurfarmvergleich zu gewährleisten?

Ein Parameter ist sicherlich die Fähigkeit des Wurfarmes den lateralen Torsionseinflüssen so gut es geht standzuhalten, sowohl denen der Finger auf der Sehne wie auch denen des Mittelteiles selbst. Einige Hersteller versuchen eine objektive Messmethode dieser Steifigkeit festzulegen, indem sie mit einem Gewicht gegen das ausgezogene Wurfarmende drücken, bis dieses sich um einen bestimmten Grad von der Wurfarmachse weg bewegt. Bis heute können jedoch weder die Methode noch die Ergebnisse in objektiver Weise verbreitet werden.

Wurfarm ID	Herkunft	Struktur der Wurfarme	Nominelle Werte	Produktionsjahr	Pfeilschaft	Gesamtgewicht des Pfeiles (grains)	Gewicht des Pfeiles pro Pfund (gr/lb)	Durchschnitts-geschwindigkeit (fps)	Effektive Zugkraft (lb)	Effektive Geschwindigkeit pro Pfund (fps/lb)	Vibrations index
L	USA1	Carbon, Fiberglas, Synthetischer Schaum, modifizierte Krümmung	70"/44#	2000	ACE 430	348	7,10	209,75	49,00	4,28	0,50
H	USA1	Carbon, Fiberglas, Synthetischer Schaum, modifizierte originale Krümmung	70"/44#	2000	ACE 430	348	7,10	206,75	49,00	4,22	1,50
I	GBR1	Carbon, Fiberglas, wood, verbesserte Kurve	70"/43#	2000	ACE 430	348	7,10	206,50	49,00	4,21	1,00
J	JAP1	Carbon, Fiberglas, Holz, mehrfach Beschichtung, Standard Krümmung	70"/44#	2000	ACE 430	348	7,03	206,75	49,50	4,18	0,00
B	GBR1	Carbon, Fiberglas, Holz, Standard Krümmung	70"/43#	1996	ACE 430	348	6,96	208,75	50,00	4,18	0,00
G	GBR1	Carbon, Fiberglas, Synthetisches Material, vergrößerte und verbesserte Krümmung	70"/43#	1999	ACE 430	348	7,03	206,75	49,50	4,18	4,00
K	GBR2	Carbon, Fiberglas, Synthetisches Material, vergrößerte und verbesserte Krümmung	70"/44#	2000	ACE 430	348	6,96	207,50	50,00	4,15	3,50
A	USA1	Carbon, Fiberglas, Synthetischer Schaum, Standard Krümmung	70"/42#	1990	ACE 430	348	7,07	203,75	49,25	4,14	0,00
D	GBR1	Carbon, Synthetisches Material, vergrößerte und verbesserte Krümmung	70"/43#	1998	ACE 430	348	6,99	205,50	49,75	4,13	1,80
F	KOR1	Carbon, Fiberglas, Holz, Standard Krümmung	70"/44#	1999	ACE 430	348	6,93	206,00	50,25	4,10	2,50
E	GBR1	Carbon, Fiberglas, Synthetisches Material, verbesserte Krümmung	70"/44#	1999	ACE 430	348	6,96	204,75	50,00	4,10	2,00

Bild 20 - Tabelle 1 - Wurfarmvergleich - Ergebnisse 2000

Wurfarm ID	Herkunft	Struktur der Wurfarme	Nominelle Werte	Produktionsjahr	Pfeilschaft	Gesamtgewicht des Pfeiles (grains)	Gewicht des Pfeiles pro Pfund (gr/lb)	Durchschnitts-geschwindigkeit (fps)	Effektive Zugkraft (lb)	Effektive Geschwindigkeit pro Pfund (fps/lb)
5	KOR 1	Carbon, Fiberglas, Bienenwaben und Synthetischer Schaum, Konvex, Standard Krümmung	70"/42#	2004	ACE 370	380	8,00	205,00	47,50	4,32
7	KOR 1	Carbon, Bienenwaben und Synthetischer Schaum, verbesserte Krümmung	70"/42#	2005	ACE 370	380	7,84	205,00	48,50	4,23
4	KOR 1	Carbon, Fiberglas, Synthetischer Schaum, Standard Krümmung	70"/40#	2004	ACE 370	380	7,76	204,00	49,00	4,16
6	KOR 1	Carbon, Fiberglas, Bienenwaben und Synthetischer Schaum, Standard Krümmung	70"/42#	2004	ACE 370	380	7,60	205,00	50,00	4,10
1	KOR 1	Carbon, Fiberglas, Holz, Standard Krümmung	70"/44#	1999	ACE 370	380	7,52	206,00	50,50	4,08
3	KOR 1	Carbon, Fiberglas, Titan/Holz, konvex, Standard Krümmung	70"/44#	2003	ACE 370	380	7,45	204,00	51,00	4,00
2	KOR 1	Carbon, Fiberglas, Holz, Standard Krümmung, veränderte Flexibilität	70"/44#	2000	ACE 370	380	7,38	205,00	51,50	3,98

Bild 21 - Tabelle 2 - Wurfarmvergleich - Ergebnisse 2005

2.5 Sehnen, was für eine Leidenschaft

(Michele Frangilli)

Meine Bogensportkarriere hat im Wesentlichen zu einer Zeit begonnen, als Kevlarsehnen bereits lange vergessen waren.

Sehnen die schnell und nicht dehnbar waren, hatten einen Leistungsschub gegenüber des alten und elastischen Dacron gebracht, welches noch heute auf Schulbögen benutzt wird: doch der Haken war, dass diese nach durchschnittlich 1500 Schuss rissen. Das bedeutete für Top-Schützen, dass diese einen Großteil ihrer Existenz damit verbrachten, Sehnen zu bauen,... Gott sei Dank gehörte ich nicht in jene Zeit!

Ich bin mit dem klassischen Fast Flight aufgewachsen, dem Standardgarn in den 90ern. Keine plötzlichen Risse, keine allzu hohe Dehnbarkeit und eine Lebensdauer von mindestens 10.000 Schuss machten dieses Garn zum beliebtesten Garn.

Heutzutage besitzen andere Werkstoffe weit bessere Eigenschaften und haben seinen Platz eingenommen, obwohl kein Garn einen solchen Quantensprung generiert hat wie Fast Flight.

Ich werde oft gefragt mit welchem Material „schnellere" Sehnen gebaut werden können.

Vor einigen Jahren habe ich viele Tage damit verbracht, Sehnen aus einer Vielzahl im Handel erhältliche Garne miteinander zu vergleichen, und zwar immer mit demselben Bogen. Ich habe die Sehnen gewickelt, habe sie „setzen" lassen und alle mit demselben Bogen benutzt, habe jedes Mal das Tuning angepasst und habe schlussendlich die Zugkraft des Bogens und die Geschwindigkeit des Pfeils beim Abschuss gemessen. Die Unterschiede zwischen den Sehnen waren so gering, dass ich sehr schnell davon abgekommen bin Schlussfolgerungen aus den Vergleichen zu ziehen, wie es mir bei den Wurfarmen möglich gewesen war.

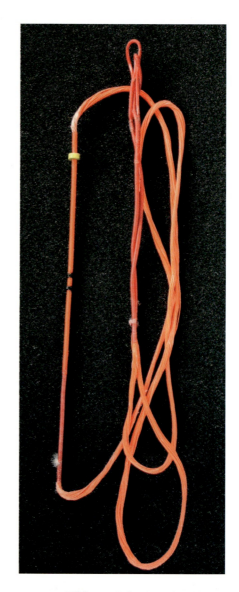

Bild 22 - Sehne aus BCY 8125

Weshalb sollte denn jemand das eine Material dem anderen vorziehen?

Persönliches Vertrauen in das Produkt, Farbe, Aussehen, Preis... dies sind zweifelsohne wichtige Entscheidungspunkte, genauso wie sie es bei der Auswahl des Wickelgarnes für die Wicklung der Loops (Ösen) an den Wurfarmenden sind.

Ganz anders ist es aber, wenn es um die Mittelwicklung geht.

Die Mittelwicklung ist der wichtigste Teil der Sehne, da diese der Kontakt mit dem Tab

(Fingerschutz) und so auch mit den Fingern hergestellt. Der endgültige Durchmesser der Sehne und der Mittelwicklung, kombiniert mit der Dicke des Fingerschutzes, verteilen den Druck auf den Fingern während des Schusses. Daraus folgt, dass die Kombination der Materialien und der Reibungskoeffizienten derselben, einen entscheidenden Effekt auf die Geschwindigkeit der Sehne beim Lösen vom Fingerschutz hat. Nicht nur das, sondern auch die Eigenschaft Wasser abzuweisen oder im gewissen Grad aufzunehmen, wenn es regnet (Regentage sind doch die Lieblingstage von uns Bogenschützen...), wirkt sich auf die Geschwindigkeit der Sehne aus. Selbstredend ist, dass theoretisch ein größerer Durchmesser der Sehne unter den Fingern, einen geringeren empfundenen Druck auf den Fingern selbst vermittelt; ebenso ist die Rauheit der

Bild 23 - Modernes Sehnenmaterial

Wicklung geringer, so ist auch die Reibung des Fingerschutzes während des Lösens kleiner.

Ein größerer Durchmesser der Sehne bedeutet eine größere Anzahl an Strängen oder ein Wickelgarn mit einem größeren Durchmesser. Demnach ein höheres Eigengewicht der Sehne und daraus folgend eine langsamere Sehne.

Sei es aus meiner persönlichen Erfahrung heraus, als auch aus derer vieler hunderter Schützen die ich betreut habe, lohnt es sich immer eine stabilere Sehne einem Fuß pro Sekunde vorzuziehen, dies bedeutet mehr Stränge und ein größerer Durchmesser im Bereich der Mittelwicklung.

Deshalb rate ich bei einer Fast Flight Sehne 16 Stränge bei 66 und 68 Zoll Bögen und ab 28 Pfund auf den Fingern, 18 Stränge hingegen ab 40 Pfund, aber dann auch bei 50 Pfund und mehr.

Das Ganze verbunden mit einem dem wachsenden Zuggewicht angepassten Durchmesser der Mittelwicklung und einer Nocke mit dem geeigneten Nockbett.

Das von mir bevorzugte Wickelgarn für die Mittelwicklung ist ein Monofilament aus Nylon, sicherlich deshalb, weil es unempfindlich ist in Bezug auf Wasser, aber auch weil es in den unterschiedlichsten Durchmessern erhältlich ist, und vor allem weil es einen sehr geringen Reibungskoeffizienten aufweist.

Nylon hat nur einen Nachteil: es reißt sehr leicht, speziell um den Nockpunkt herum und auf der Höhe des Armschutzes (es besteht immer ein Kontakt, auch wenn man diesen nicht sieht). Wenn die Wicklung am Nockpunkt reißt, gibt es keine andere Möglichkeit, als die Wicklung periodisch neu zu wickeln.

Was hingegen den Kontaktpunkt der Wicklung mit dem Armschutz betrifft, wickle ich von vorne herein die Mittelwicklung mir einem widerstandsfähigeren Material, wie z.B. Fast Flight Wickelgarn oder ähnlichem.

Wie auch immer, wenn Sie vielen Problemen aus dem Weg gehen wollen, kann auch eines der vielen Wickelgarne aus synthetischer Faser, die auf dem Markt erhältlich sind, gute Ergebnisse geben, aber nicht so gute, wie ein Nylongarn. Materialien, von denen Sie die Finger lassen sollten, sind Garne aus Baumwolle oder dünne Zwirne, die zuviel Feuchtigkeit aufnehmen und leicht reißen.

Ich will nicht ins Detail des Sehnenbauens gehen, aber dafür einige ganz gezielte Tipps: niemals zusätzliche Stränge innerhalb der Mittelwicklung einfügen um den Durchmesser zu vergrößern! Es ist keine stabile Konstruktionslösung, genauso wenig wie Teflon unter der Mittelwicklung.

Beachten Sie, dass alle Wicklungen von oben gesehen auf der Sehne in derselben Richtung verlaufen, und dass die Richtung immer entgegen der „Drehung" geht.

Von oben betrachtet sind alle meine Sehnen im Uhrzeigersinn gedreht und die Wicklungen ebenso, von unten nach oben gehend. Dies macht meine Sehne zu Sehnen für einen Rechtshandschützen, während ein Linkshänder diese gegen den Uhrzeigersinn eindrehen sollte.

Diese Behauptungen konnte noch niemand den ich kenne beweisen, genauso wenig wie mir unbekannt ist, dass ein Rechtshänder mit einer gegen den Uhrzeigersinn gedrehten Sehne besser oder schlechter geschossen hätte.

Eine letzte Antwort auf eine Frage die mir immer wieder gestellt wird: "wie viele Umdrehungen soll meine Sehne haben?"

Meine Antwort ist: mindestens 20 und maximal 40 Umdrehungen,...aber es ist noch niemand an ein paar Umdrehungen mehr oder weniger gestorben.

Dritter Teil

DAS TUNEN

Der Tiller, dieser Unbekannte 3.1

(Vittorio Frangilli)

Der Tiller ist die Differenz der Abstände von der Sehne zum Wurfarmrücken (auf der Höhe wo der Wurfarm in das Griffstück eingerastet wird), zwischen oberem und unterem Wurfarm, im rechten Winkel zur Sehne gemessen. **Er sagt praktisch aus, wie die zwei Wurfarme untereinander in Bezug auf die Leistung ausgewogen sind.** Die Ableitung des Begriffes geht Jahrhunderte zurück, als es weder Stabilisatoren, noch Take-Down Bögen oder einstellbare Wurfarmtaschen gab.

Durch den Positionsunterschied zwischen der Sehnenhand und der tiefer liegenden Bogenhand - die den Bogengriff fest umklammerte - musste der obere Wurfarm beim Abschuss des Pfeils einen längeren Weg beschreiben als der untere. Um zu gewährleisten, dass sich beide Wurfarme gleichzeitig schließen würden, wurde dem unteren Wurfarm einer höhere Zugkraft gegeben als dem oberen. Dies hatte eine Differenz der Abstände der Sehne beider Wurfarme zur Folge. Der Tiller ist diese Differenz und wird heute immer noch bei traditionellen Bögen angewandt.

Mit der Einführung der Stabilisation, der Take-Down Bögen und der einstellbaren Wurfarmtaschen hat sich die Situation grundlegend geändert. Vor allem wird der Bogen nicht mehr festgehalten und deshalb variiert der Druckpunkt am Bogengriff und der Bezug zum Nockpunkt hauptsächlich durch die Stabilisierung des

Bild 24 - Tiller = A-B

Bogens (Gewicht und Gewichtsverteilung der Stabilisation) und nicht durch andere Parameter. Aus diesem Grund haben die Hersteller von Wurfarmen für Take-Down Bögen seit Jahren damit aufgehört, diese mit einem natürlichen Tiller herzustellen; darunter versteht man, dass der obere Wurfarm mit einer geringeren Zugkraft hergestellt wurde als der untere. Heutzutage werden Wurfarmpaare fast ausschließlich mit identischer Zugkraft hergestellt (im Rahmen der Toleranzen).

Wenn also der Tiller auf moderne Bögen eingestellt wird, indem die Lage der Wurfarmtaschen verändert wird, ändert sich in Wirklichkeit nicht die Zugkraft des einen Wurfarms im Vergleich zum anderen, sondern nur der Winkel der Wurfarme zum Mittelteil. Faktisch arbeiten dann die Wurfarme unterschiedlich.

Den Tiller auf einem modernen Bogen einzustellen kann zum Paradox führen, dass ein Bogen absolut im Gleichgewicht in der Zugphase ist, dann aber gänzlich instabil und kritisch in seiner dynamischen Phase.

Aus diesem Grund ist eine scheinbare Einstellung des Tillers bei Take-Down Bögen nicht ratsam, wenn sie zu sehr den natürlichen Tiller eines Wurfarmpaares beeinträchtigt; da meistens die Wurfarme keinen oder einen minimalen natürlichen Tiller aufweisen (ab und an positiv, meist negativ), sollte die Einstellung bei modernen olympischen Bögen immer neutral (= null) sein. Dies erlaubt beiden Wurfarmen in Bezug auf das Mittelteil unter denselben Bedingungen zu arbeiten.

Vorausgesetzt dass man mit einem neutralen Tiller schießt, hat man eine Konstante, die es erlaubt, das Tuning des Bogens wie folgt durchzuführen:

1) Nulltiller bei der gewünschten Zugstärke einstellen, mit der vom Hersteller empfohlenen Standhöhe
2) Einen vorläufigen Nockpunkt setzen, und zwar auf die Standardhöhe von 1/8 Zoll (= ca. 3mm) über Null (gemessen von der Underkante der Nocke)
3) Die Stabilisation muss so eingestellt sein, dass sie sich bei vollem Auszug neutral verhält
4) Der Nockpunkt muss eingestellt werden
5) Nun muss der Plunger eingestellt und die Feineinstellung vorgenommen werden

(die restlichen Schritte des Tunens sind Euch doch bereits bekannt, oder?)

(Michele Frangilli)

Früher oder später wird dir die Frage gestellt, auch wenn du versuchst dieser auszuweichen oder die Antwort hinaus zu zögern, und wenn sie dann gestellt wird, erfolgt dies meist sehr direkt. Deshalb ist es unvermeidlich von vorne herein eine offene und direkte Antwort zu geben, auch wenn diese viele anfechten werden.

Ja, es gibt nur eine Möglichkeit einen Olympischen Bogen in effizienter Weise zu stabilisieren: alle anderen Methoden sind nur ein Kompromiss oder gänzlich falsch.

Bild 25 - Falsche Stabilisierung - Vorbau fehlt

„Ja wie denn!" werdet Ihr sagen: „es gibt ja so viele unterschiedliche Stabilisationssysteme,...und der Topschütze schießt so,...der andere hat die Spinne anders,...usw. Über das Thema Stabilisationen ist sehr viel geschrieben worden; die meisten Antworten darauf hat George Teckmitckov, Chefingenieur der Firma Easton, in einigen Artikeln geliefert, die zum Teil auch aus dem Englischen übersetzt wurden. Die wichtige Antwort, die die wirklich zählt, ist die Antwort auf die Frage: „...aber wie soll ich denn schlussendlich die verdammt noch mal richtige Stabilisationswahl treffen?"

Wie ihr die Wahl treffen werdet, kann ich nicht sagen. Ich kann aber sagen, wie sie nach meiner Vorstellung und meinen Kriterien aussehen sollte, und die Antwort ist relativ einfach.

90% der Schützen weltweit benutzt dasselbe Stabilisationsschema: deshalb macht es wenig Sinn, sich was „Neues" oder was „Anderes" auszudenken.

Der erste Punkt, der zu beachten ist: Die komplette Masse des Bogens, zusammen mit dem Stabilisationssystem, darf nicht ein Gewichtsgefühl auf die Vertikale der Bogenhand während der Auszugsphase geben. Einfach ausgedrückt: Je höher die Zugkraft des Bogens, desto schwerer muss der Bogen gemacht werden, indem mehr Gewicht nach vorne verlagert wird. Zudem ist zu beachten, dass die stabilisierenden Massen so weit wie möglich vom Mittelteil angebracht werden,

Bild 26 - Falsch - es bedarf trotzdem eines kurzen Vorbaus

wenn ein maximaler Effekt erzielt werden soll. Kurz gesagt: leichtes Mittelteil und Gewicht auf den längstmöglichen Stabi. Der beste Anti-Torsions-Effekt wird erzielt, indem das Gewicht der seitlichen Stabilisatoren auf gleicher Höhe oder so nahe wie möglich am Druckpunkt der Bogenhand liegt.

Schlussendlich muss die Stabilisation in der dynamischen Bewegung (während des Lösens) dem Bogen eine lineare Bewegung in Richtung Zielscheibe erlauben, bevor die Drehung nach unten beginnt: in dieser dynamischen Bewegung darf die Stabilisation in keiner Weise den Druck der Bogenhand in seltsame Reaktionen oder Vibrationen in irgendeine Richtung verschieben.

Funktioniert der „Schnelltest" für die Stabilisation, bei dem auf die Wurfarmenden geschlagen wird, und desto schneller diese nicht mehr vibrieren um so besser ist meine Stabilisation? Blödsinn! Ihr solltet mal sehen wie lange (Stunden?) meine Wurfarme in dieser so genannten statischen Situation weiterschwingen, während sie in der dynamischen Situation fast sofort still stehen! Wie immer werden die Besserwisser sagen, dass die eben genannten Voraussetzungen mit einer unendlich großen Kombination an Stabilisatoren, Gewichten und Längen erwirkt werden können. Da ich aber glaube, dass Sie als Leser weniger auf theoretische sondern mehr auf praktische Ratschläge aus sind, will ich Ihnen eben diese geben.

Männer, mit über 38 Pfund auf den Fingern

Bild 27 - Korrekte Stabilisierung für Männer

- Flache Spinne (nicht geneigt) mit 45 Grad.

- Dämpfer (TFC) an den Seitenstabilisatoren.

- Seitenstabilisatoren zwischen 7 und 12 Zoll, mit einem durchschnittlichen Gewicht.

- Vorbau mit mindestens 5, sogar bis zu 7 Zoll.

- Monostabilisator absolut ohne Dämpfer (TFC), zwischen 26 und 37 Zoll.

Frauen und Jugendliche mit 24 bis 37 Pfund auf den Fingern

Bild 28 - Korrekte Stabilisierung für Frauen

- Flache Spinne (nicht geneigt) mit 45 Grad.

- Dämpfer (TFC) an den Seitenstabilisatoren.

- Seitenstabilisatoren zwischen 6 und 10 Zoll, mit einem durchschnittlichen Gewicht.

- Vorbau mit mindestens 4 bis 6 Zoll.

- Monostabilisator absolut ohne Dämpfer (TFC), zwischen 22 und 28 Zoll.

Einstellung der Stabilisation:

- Dämpfer (TFC) an den Seitenstabilisatoren halbfest eingestellt.

- Das Gewicht auf dem Monostabilisator so lange verändern, bis man während des Auszuges keine Torsionsgefühle des Handgelenkes des Bogenarmes nach unten mehr hat, aber ebenso kein Gefühl der „Leichtigkeit" des Ganzen.

- Wenn der Monostabilisator keine Verstellmöglichkeit mehr bietet, man aber noch nicht zufrieden ist, soll das Gewicht auf den Seitenstabilisatoren und/oder die Länge des Vorbaus geändert werden, bis der gewünschte Effekt erreicht wird.

Es gibt sehr wohl weitere Parameter, der wichtigste ist jedoch Verletzungen vorzubeugen. Es ist immer zu bedenken, dass Vibrationen, die von einem Bogen erzeugt werden, höchste Frequenzen erreichen und dem Bogenarm und der Bogenschulter schaden können. Desto „steifer" der Schussablauf ist oder desto mehr der Bogen während des Lösens gehalten oder kontrolliert wird, um so mehr dämpfende Elemente müssen in die Stabilisation eingebracht werden. Denkt nur daran wie viele Bögen und Visiere Ihr gesehen habt, die von Schwingungen beschädigt wurden.... und bedenkt, dass dieselben Vibrationen auch auf Eurer Bogenhand und Bogenschulter einwirken!!

Also immer dämpfende Elemente, TFC oder Doinker auf Seitenstabis benutzen, eventuell ein Doinker auf dem Mono, aber dort kein TFC, da dieser zwar Schwingungen nimmt, aber Flexibilität und Schwingungen in das System herbeiführen würde. Eventuell können eher die „Pilze" der Firma Limb Savers was bringen.

Als Faustregel bedenkt immer einen Monostabilisator zu benutzen, der so steif wie möglich ist und somit so wenig wie möglich Schwingungen und Vibrationen in das System einbringt. Gleiches gilt auch für den Vorbau.

Was ist von weichen Multi-Rod-Stabilisatoren zu halten, denen aus Karbon oder Bor, mit Quecksilbergewichten, Öldämpfung, Wasser, Sand, Marmor, Kaugummi, die nuklearabgeschirmt oder galaktisch sind...?

Viele der Antworten habe ich im Kapitel bereits gegeben,... falls Ihr sie verpasst habt,... einfach noch mal durchlesen!

(Michele Frangilli)

Sehr oft fragen mich Schützen meines Vereines oder Freunde, ob ich Ihnen helfen würde, da sie Schwierigkeiten haben, ihren neuen Bogen auf ihre Pfeile abzustimmen oder aber ihren alten Bogen auf die eben erworbenen Pfeile.

Schützen (wie auch ich) lieben neues "Spielzeug" und es scheint so, als ob sie es keine sechs Monate aushalten würden, ohne irgend etwas am eigenen Material zu verändern, immer auf der Suche nach besserer Leistung, entweder durch ein neues Mittelteil, oder durch ein neues Paar Wurfarme beziehungsweise einen neuen Satz Pfeile. Leider aber wird oft das, was im Bogensportfachgeschäft noch als die neue „Wunderwaffe" für bessere Ergebnisse galt, auf dem Bogensportplatz ein fürchterlicher Albtraum und die ganze Welt scheint sich andersherum zu drehen.

Normalerweise brauche ich nicht mehr als fünfzehn Minuten, um neues Material zusammenzubauen und um mir vorstellen zu können, ob ich es richtig einstellen kann; egal ob es sich um meinen Bogen handelt oder um den eines Schützenfreundes, der mich gebeten hat, ihm zu helfen.

Bild 29 - Einstellung der Vorspannung der Wurfarme

Warum kann ich das so schnell? Weil ich mit meinem Vater über Jahre lang eine Methode entwickelt habe, die es mir während des Tuning erlaubt eine große Zahl an Unklarheiten und Variablen zu eliminieren, die nicht wirklich während des Einstellens des Bogens von Relevanz sind.

Bild 30 - Teile des Plungers (Beiter Rasterbutton)

Unsere Methode kann vielleicht als nicht orthodox bezeichnet werden, aber sie funktioniert einwandfrei, wenn Sie ihr Vertrauen schenken und Geduld in der Durchführung der Grundkonzepte haben.

Wenn Sie einen neuen Bogen haben (oder ein neues Mittelteil oder neue Wurfarme)

Nehmen wir an, dass Mittelteil und Wurfarme vollkommen gerade sind, und dass Sie andernfalls dieselben bereits bei Ihrem Lieferanten ausgetauscht haben oder durch die vorhandenen Einstell-

Bild 31 - Endgültige Ausrichtung

Systeme (z.B. durch einstellbare Wurfarm-taschen bei einigen im Handel erhältlichen Mittelteilen) so ausgerichtet haben, dass alles wieder im Lot ist. Nehmen wir überdies an, dass alle relevanten Zubehörteile wie Pfeilauflage, Klicker und Visier am Bogen bereits befestigt wurden.

Als erstes spannen Sie die Sehne ein, die Sie benutzen wollen, und stellen den Tiller auf Null ein (= eben, neutral).

Die Einstellung des Tillers ist eine Art Märchen, welches seit Jahren kursiert, aber bei modernen Bögen einzig und allein dazu dient, dem Bogen einen unterschiedlichen Winkel auf der vertikalen Ebene zu geben; alle Bögen sind heutzutage dafür ausgelegt auf der vertikalen Ebene optimal zu arbeiten. Ich persönlich schieße seit über 12 Jahren mit Nulltiller, ohne dass ich je damit Probleme gehabt hätte. Darüber hinaus habe ich auch den Vorteil, auf meinem Checker nur eine Markierung zu haben, um den Tiller kontrollieren zu können.

Nehmt eine Zugwaage, kontrolliert damit die Zugstärke des Bogens und regelt die Einstellung der Wurfarme solange bis Ihr das gewünschte Zuggewicht bei korrektem Auszug auf den Fingern habt. Ihr müsst am oberen Wurfarm feststellen, wo die Sehne den Wurfarm berührt. Wenn die Sehne ca. 1,5cm von der Einkerbung freilässt, ist die Standhöhe korrekt, ansonsten ist die Sehne entweder ein- oder auszudrehen, bis das angepeilte Ergebnis erreicht ist.

Stellt den unteren Nockpunkt auf ungefähr 6mm über den Nullpunkt ein und befestigt dann den zweiten Nockpunkt; beide sollten nicht zu fest sein, so dass beide immer noch durch Drehen verschoben werden können, da es während des Tunings sehr wahrscheinlich dazu kommen kann, dass die Nockpunkthöhe angepasst werden muss.

Wenn eine Mundmarke benutzt wird, sollte diese jetzt positioniert werden, da eine der Sehne nachträglich aufgetragene Masse die Einstellung verändert. Natürlich ist auch die Mundmarke nicht an ihrem definitiven

Platz, da diese mit dem Nockpunkt mitwandert: deshalb soll sie nicht zu fest sitzen.

Das Korntunnel soll nun auf der horizontalen Ebene in die gewohnte Position gebracht werden: Idealerweise sollten Beiter Wurfarmschablonen dazu benutzt werden und zwei Markierungen mit Filzstift an den Wurfarmen anzubringen - und zwar dort wo sie von den Wurfarmtaschen rauskommen - genau in der Mitte.

Der Plunger soll dann so eingestellt werden, dass die Pfeilspitze nur leicht nach links zeigt (für Linkshänder nach rechts). Das Bild, das Ihr durch diese Einstellung wahrnehmen werdet, wird meistens einen um ca. 0,5mm aus der Mitte stehenden Pfeil aufzeigen, bei X-10 Pfeilen sogar mehr. Geht auf 30 Meter (oder 18 Meter in der Halle) und schießt Eure wertvollen Pfeile, die die Ihr nicht ersetzen konntet, da Ihr Euch einen neuen Bogen leisten musstet...

Stellt das Visier auf die Vertikale und den Druck des Plungers auf die Horizontale so weit ein, dass alle Pfeile die Mitte des Goldes treffen. Daraufhin schießt Ihr einen unbefiederten Pfeil und seht, wo er auf der Scheibe aufgeschlagen hat.

Wenn der unbefiederte Pfeil nun höher als die befiederten sitzt, dann muss der Nockpunkt nach oben verschoben werden. Wenn der unbefiederte Pfeil tiefer aufschlägt als die befiederten, dann muss er nach unten verschoben werden. Vergesst nicht die Mundmarke mitzuverstellen, wenn Ihr eine benutzt.

Schießt mindestens weitere vier Pfeile, darunter einen unbefiederten und wiederholt die Einstellung des Nockpunktes bis der Unbefiederte auf derselben Höhe wie die Befiederten auf der Scheibe einschlägt. Stellt nun den Federdruck des Plungers so ein, dass der unbefiederte Pfeil in der Mitte der befiederten zu finden ist: denkt immer daran 3 befiederte und 1 unbefiederten Pfeil zu schießen. Eure Grundeinstellung ist beendet.

Bild 32 - Unbefiederte auf 30 Meter

49

Wenn Ihr aber nicht imstande seid, das angestrebte Ergebnis zu erreichen, indem Ihr am Federdruck des Plungers arbeitet, dann müsst Ihr das Zuggewicht mit der Einstellung der Wurfarmtaschen verändern. Wenn der Pfeil zu steif reagiert (d.h. für Rechtshänder ist der Unbefiederte links von der Gruppe und die Einstellung des Plungers ist bereits auf sehr weich), müsst Ihr die Zugkraft erhöhen. Wenn der Pfeil weich reagiert (d.h. unbefiederter rechts, obwohl der Plunger sehr hart eingestellt ist), müsst Ihr die Zugkraft verringern. Das anvisierte Endergebnis sollte sein, dass der unbefiederte auf 30 Meter (oder 18 Meter in der Halle) inmitten der Gruppe der befiederten Pfeile steckt, während die Federhärte weder zu hart noch zu weich eingestellt ist, in der goldenen Mitte eben! Aus meiner Erfahrung kann ich nur bestätigen, dass wenn der Unbefiederte in der Grundeinstellung außerhalb des Fünfer-Ringes ist - egal ob rechts oder links -, es kaum möglich sein wird, die Situation so weit mit der Änderung der Zugkraft zu normalisieren, wie erwünscht; es bräuchte nämlich weit mehr als einen Pfund mehr oder weniger (wie üblich einstellbar) um das erwünschte Ergebnis zu erreichen. In diesem Fall gibt es keine Alternative, als sich ein wenig mit den Pfeilen zu beschäftigen.

Wenn Ihr einen neuen Satz Pfeile habt

Dann müsste es doch leichter sein, oder?

Unglücklicherweise ist es ganz und gar nicht leichter, da die Prozedur genau die gleiche ist, wie eben beschrieben. Was gibt es denn wertvolleres als die eben erstandenen Pfeile? Der Bogen muss auf jedem Fall darauf getunt werden, da sicherlich der Gedanke die schönen neuen Pfeile sofort wieder wegwerfen zu müssen - wenn es denn mit dem Tuning nicht auf Anhieb klappt - nicht akzeptabel ist, oder?
Deshalb folgt genau dem eben beschriebenen Verfahren und hofft, dass am Ende der Unbefiederte die Scheibe dort trifft, wo die restliche Gruppe steckt. Wenn hingegen der Plunger und die Zugkraft nicht ausreichen, um das gewünschte Ergebnis zu erreichen, muss an den Pfeilen Hand angelegt werden.
Um den Pfeil weicher zu machen, sollten zum Beispiel eine um 10 grains schwerere Spitze benutzt werden, beziehungsweise eine leichtere, um diesen härter reagieren zu lassen. Wichtig! Bei Aluminium /Karbon- oder Karbonpfeilen nie unter 75 grains bei leichteren Bögen gehen; bei Bögen mit mehr als 45 Pfund sollten es nie weniger als 100 grains sein, um auch bei Wind noch eine akzeptable Gruppe zu ermöglichen. Bei Aluminiumpfeilen sollten mindestens Spitzen mit 9% nominellem FOC verwendet werden, oder aber die schwersten, die auf dem Markt zu finden sind. Kurze Insert-Nocken oder Pin-Nocken lassen den Pfeil steifer reagieren, längere Nocken oder Out-Nocken werden das Gegenteil erwirken.
Erwartet keine großen Veränderungen, wenn Ihr die Strangzahl der Sehne verändert. Es ist nur in extremen Situationen eine nützliche Vorgangsweise, da in der Regel zwei Strang mehr oder weniger auf der Sehne durch ein minimales Eingreifen auf die Federhärte des Plungers kompensiert werden können. Eine Mundmarke oder eine längere Mittelwicklung hingegen erwirken dasselbe Ergebnis, wie 10 grains weniger auf der Spitze. Erwartet nicht zu viel von kleinen Veränderungen der Standhöhe, da der Einfluss dieses Faktors nur bescheiden ist.
Kurz gesagt: denkt nicht daran, Euren neuen Pfeil mit einem dieser eben genannten Tricks korrekt einstellen zu können, wenn bei den Tests die unbefiederten Pfeile zu weit von den befiederten entfernt sind.

Feineinstellung

Gut! Der Unbefiederte ist in der Gruppe und der Plunger kann die Position des Unbefiederten nach links und rechts beeinflussen: Die Grundlage sollte bestehen, um nun die Gruppe selbst zu optimieren. Es ist an der Zeit, über die Feineinstellung des „Center-Shot" zu sprechen, aber auch über die Auswahl der Pfeile, den Pfeilflug, den „Clearance" der Pfeilauflage, die Position der Federn, das Material der Wicklung, das Befestigen der Spitzen, der Widerstand der Nocke und anderen seltsamen Dingen. Viele dieser Dinge sind Teil anderer Kapitel dieses Buches und nicht dieses.

Die Feineinstellung

(Vittorio Frangilli)

Ein bekannter Trainer hat öffentlich behauptet, **dass es im Bogensport außer Grundkenntnisse nur noch „Geheimnisse" geben soll.**
Diese Behauptung ist leicht nachvollziehbar, vor allem bei der Feinenstellung des Materials.
In den anderen Kapiteln wurden bekannte und weit verbreitete Ungenauigkeiten in der Einstellung des Materials angenommen und toleriert, die sicherlich bis hin zu den besseren Schützen ihre Gültigkeit haben, jenen die sich - sagen wir - auf mittlerem bis hohem Niveau bewegen.
Aber welche sind denn diese Geheimnisse für eine gute Feinenstellung des Bogens?
Beginnen wir vom Anfang, und zwar von den Kontaktpunkten mit dem Gerät, um dann alle notwendigen Schritte im Einzelnen unter die Lupe zu nehmen, um schlussendlich diese berüchtigte Gruppe optimieren zu können.

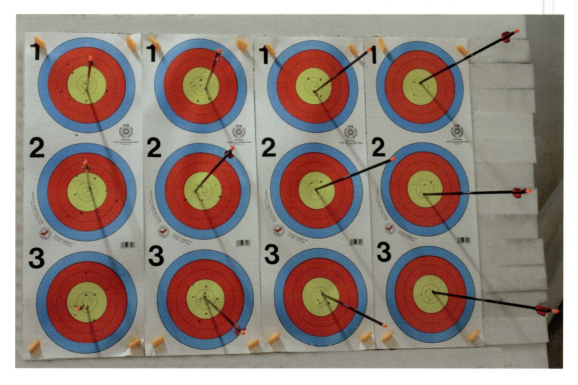

Bild 33 - Unbefiederte auf 18 Meter

Eine gute Feinenstellung des Materials kann nur beginnen, wenn die Rahmenbedingungen des Schützen und des Materials selbst „stabil" sind, wenn die Grundeinstellung des Bogens in einem akzeptablen Zustand ist, wie im vorhergehenden Kapitel beschrieben.
Machen wir eine Checkliste der Kontrollen die am Material notwendig sind, bevor jede weitere Testreihe durchgeführt werden kann:

1) Die Pfeile müssen alle perfekt sein, und es sollten mindestens zwölf an der Zahl sein: 9 befiederte und 3 unbefiederte, alle nach dem beschriebenen Verfahren ausgewählt, mit neuen Nocken ausgestattet und eventuell diese mit ein wenig Teflon versehen, um deren

Position im Schaft gut zu blockieren; ebenso sollen die Federn in einem perfekten Zustand sein, ohne irgendwelche Kleberrückstände und anderweitigem Dreck entlang des Schaftes und an der Spitze. Überflüssig zu sagen, dass sie bereits in der Grundeinstellung zum eigenen Bogen und dem übrigen ausgewählten Material passen müssen..

2) Die Pfeilauflage muss so unter dem Pfeilschaft positioniert werden, dass sie praktisch parallel dazu steht und mit dem kleinstmöglichen Winkel zum Mittelteil.

3) Der Plunger muss gänzlich auseinander genommen und sehr sorgfältig gereinigt werden. Die Oberfläche des Stiftes darf keine Einkerbung oder andere Zeichen aufzeigen.

4) Der Fingerschutz darf nie neu sein, muss aber immer in gutem Zustand sein, ohne Einkerbungen und Deformationen auf der (Leder-)Oberfläche, da ein optimales Gleiten der Sehne gewährleistet werden soll.

5) Die Sehne muss bereits mit mindestens 1000 Schuss eingeschossen sein und - zusammen mit der Wicklung - in einwandfreiem Zustand. Der Nockpunkt soll aus kleinen und widerstandsfähigen Ringen bestehen, die eine feine Einstellung durch Drehen auf der Wicklung ermöglichen. Die möglicherweise eingesetzte Mundmarke soll auch auf dem Serving fein justierbar sein.

Was brauchen wir noch?

Es hängt davon ab, welches Ziel man mit der Feineinstellung verfolgt. Optimales Tuning kann nämlich nicht für FITA Turniere im Freien gleichermaßen gemacht werden wie das für die Hallensaison oder Feldturniere. Deshalb gehen wir sie nacheinander durch.

Hallensaison

Es sollen vier 40er 3er-Sport Auflagen auf eine 18 Meter entfernte Scheibe mit optimaler Beleuchtung angebracht werden, entweder genau oberhalb oder unterhalb der Scheibe, und einem guten aber nicht zu starken Licht auf der Schießlinie.

Das Ziel ist es, alle 12 Pfeile (9 befiederte und 3 unbefiederte) in die Zehn zu schießen, und zwar möglichst in derselben homogenen Position zueinander: denn zum Beispiel, ein befiederter Pfeil in der Zehn rechts und ein unbefiederter in der Zehn links zeigen einen nicht optimale Einstellung auf. Ein solcher Unterschied auf 18 Meter wäre auf 70 Meter umso größer, und deshalb nicht annehmbar.

Es bedarf einer guten Portion Geduld bei der Einstellung des Nockpunktes, des Plungers und des Center-Shot, um das bestmögliche Ergebnis erzielen zu können, sowohl auf der horizontalen wie auch auf der vertikalen Ebene aller 12 Pfeile auf der Scheibe.

FITA im Freien

Die 70 Meter sind die weitaus wichtigste Distanz; gerade deshalb ist auf dieser Distanz die Feineinstellung durchzuführen. Das Ziel ist es, die befiederten Pfeile so gut es geht im Gold zu gruppieren; die Position der drei unbefiederten Pfeile zur Gruppe der befiederten muss nur als Anhaltspunkt und nicht als absoluter Wert gesehen werden.

Bild 34 - Unbefiederte auf 70 Meter

Je näher man der optimalen Einstellung kommt, wird man beobachten, dass sich die befiederten Pfeile - aber noch mehr die unbefiederten - zu einer besseren Gruppe schließen werden, und dies sehr gut sichtbar wird, auch wenn nur minimale Veränderungen der Einstellung durchgeführt werden.

Sobald die bestmögliche Gruppe erreicht wird, ist es extrem wichtig sich einzuprägen, wo die Gruppe der Unbefiederten sich befindet, beziehungsweise in welcher Position gegenüber der Befiederten. Meistens wird die Gruppe der unbefiederten in der 7 auf zehn Uhr sein, dies ist nicht zwingend: sicher ist nur, dass die unbefiederten höher stecken werden als die befiederten Pfeile. Sehr unwahrscheinlich ist das Szenario, dass alle Pfeile auf 70 Meter gleich gruppieren werden.

Auch hier müssen Mikro-Einstellungen am Nockpunkt gemacht werden, am Plunger und eventuell am Center-Shot. Es wäre auch von Nutzen einen externen Beobachter zu haben; dieser sollte kontrollieren, dass der unbefiederte Pfeil beim Lösen nicht eine zu große Schlenkbewegung vollzieht.

Sobald eine ausreichende Einstellung erreicht wird, sollten die Herren zuerst auf 50 Meter testen, ob sich die Gruppen der befiederten und unbefiederten Pfeile in derselben Ringzahl wie auf 70 Meter befinden (nur eben auf der 80 cm Auflage). Dann sind die 90 Meter dran: hier sollten die Gruppen höchstens zwei Ringe mehr wie auf 70 Meter auseinander gehen. Bei den Damen hingegen wir der Test statt auf 90 Meter auf 60 Meter geschossen und als Parameter gilt der Abstand der 70 Meter.

Auf 30 Meter hingegen werden die unbefiederten Pfeile eine andere Position aufweisen, normalerweise leicht unterhalb der befiederten, aber das ist normal.

Die so durchgeführte Einstellung ist speziell auf lange Entfernungen ausgerichtet und vernachlässigt so vielleicht die 30 Meter, doch das ist nicht weiter schlimm.

Das Feldschießen

Die Einstellung ist auf einem ebenen Platz durchzuführen, zwischen 10 und 60 Meter, auf den der Distanz entsprechenden Scheibenauflagen. In diesem Fall, da die Schussposition während

Bild 35 - Gruppe auf 30 Meter auf einer Feldauflage

eines Feldturniers variabel ist und der Pfeil in Hanglagen unterschiedlichen Einflüssen unterliegt, ist die beste Einstellung von Anfang an diejenige, bei der die Unbefiederten in der Mitte des „Spot" zusammen mit den Befiederten auf allen Entfernungen einschlagen. Überdies ist zu prüfen, ob die unbefiederten Pfeile auch auf Entfernungen unter 10 Meter die X treffen, bis runter auf 5 Meter.

Weitere Variablen bei der Feineinstellung

Abgesehen vom Nockpunkt, vom Federdruck des Plungers und eventuellen kleineren Korrekturen am Center-Shot, sind alle übrigen möglichen kleinen Verbesserungen am Material (Zugkraft, Strangzahl, usw.), um den Unbefiederten in einem akzeptablen Rahmen in die Gruppe zu bekommen, Teil der Grobeinstellung und nicht der Feineinstellung.
Eine kleine Hilfe kann oft eine Änderung der Standhöhe Leisten (mehr Standhöhe = weicherer Pfeil, weniger Standhöhe = steiferer Pfeil). Generell muss immer festgehalten werden, dass alle Variablen voneinander unabhängig sind. Also bedarf es bei einer Änderung der Standhöhe, die in der Feineinstellung eine Konstante ist (!), einer neuerlichen vollständigen Testreihe der bereits durchgeführten Feineinstellung.

Achtung! **Die optimale Einstellung kann nur gefunden werden, wenn auch der Schütze in perfekter Form ist**. Bei der Suche nach der optimalen Einstellung des Materials, muß auch die Form des Schützen die besten Voraussetzungen mitbringen. Überdies wirken in der Suche einer optimalen Einstellung auch unzählige umweltbedingte Faktoren mit.
Aus all den bis jetzt genannten Gründen ist immer wieder - auch nach Abschluß der Feineinstellung - der unbefiederte Pfeil zu schießen, um das Verhalten mit unterschiedlichen Variablen des Schützen und der Umwelt zu testen und zu sehen, ob die Feineinstellung immer noch stimmt oder aber mit der Zeit geringfügig abweicht.

Die variable Einstellung

Aber schießt der Bogen nach der Feineinstellung unabhängig von den Schießverhältnissen immer perfekt? Die Antwort lautet offensichtlich „Nein"! Wenn wir schon drei grundsätzliche Feineinstellungen hinsichtlich der drei unterschiedlichen Anwendungsmöglichkeiten ermittelt haben, ist es leicht sich vorzustellen, daß es unter bestimmten Voraussetzungen, zum Beispiel auch wetterbedingt oder in spezifischen kritischen Situationen, einer weiteren Justierung bedarf. Der englische Ingenieur Joe Tapley hat vor Jahren angenommen, daß bei bestimmtem Seitenwind - abhängig vom Eintrittswinkel - der Bogen einer minimale Anpassung der Federkraft des Plungers bedarf. Obwohl diese Behauptung sehr schwer zu beweisen ist, hat mich ein praktischer Test schnell eines Besseren belehrt. Es ist für mich erwiesen, daß bei Seitenwind der Schütze nicht nur anhalten oder das Visier stellen soll, sondern daß er auch die Federkraft des Plungers anpassen muss. Achtung! Diese Technik ist nur Schützen auf höchstem Niveau vorenthalten, da sie eine optimale Beherrschung des Schusses voraussetzt, auch bei (starkem) Wind.

(Michele Frangilli)

"Ich kann sie nicht gruppieren, wie ich es gerne möchte..."

"Meine Gruppe ist größer geworden..."

"Die Pfeile fliegen hin wohin sie wollen..."

Wie oft habt Ihr solche Gespräche gehört, auch von Schützen, die auf hohem Niveau schießen? Alle haben Probleme mit der Gruppierung, und wenn nicht, dann hatten sie welche oder sie werden welche haben.

Aber was verstehen wir unter „Gruppe"?

Wie eng soll sie sein?

Wie groß kann meine sein?

Und wieder sind wir bei einem Thema das für „Haarspalterei" wie geschaffen ist,... und wir brauchen auf jeden Fall gute Antworten.

Beginnen wir mit der Definition:

Wir verstehen unter „Gruppe" eine Fläche die auf der Zielscheibe alle in einer Passe auf einer Distanz geschossenen Pfeile umschreibt.

Der minimale und der maximale Rand der Gruppe wird deshalb vom Durchmesser des Pfeiles bestimmt; im nicht realisierbaren Optimalfall würden wir eine Gruppe mit dem Durchmesser des Pfeiles haben, würden aber mit jedem Pfeil einen Robin-Hood schießen (= ein Pfeil steckt im anderen).

Nehmen wir an, daß ein Bogenschütze in guter Verfassung ist, konstant gut und voll und ganz im Rahmen seiner Erwartungen schießt: Dieser Schütze wird in diesem Moment sehr wahrscheinlich mit seiner Gruppe zufrieden sein.

Dann, eines morgens, kommt der Schütze auf den Platz, beginnt zu schießen und... gruppiert nicht mehr! Was ist mit ihm los?

Angenommen dass der Schütze in genau derselben Form ist wie bisher, nicht betrunken ist oder nervös, weil er zu Hause oder bei der Arbeit Streit hat,... dann muß wohl ein äußerer Faktor seine Gruppe beeinflusst haben,... aber welcher?

Was baut eine gute Gruppe auf?

Und was, im Gegensatz dazu, schadet ihr?

Immer angenommen, dass Schützen eine konstante Form aufweisen, versuchen wir nun folgend ausschließlich über Material und Einflüssen der Umwelt zu sprechen.

Erstens, Temperatur und relative Feuchtigkeit.

Bögen und Zubehör reagieren nicht in derselben Weise auf klimatische Veränderungen. Bedenkt immer, ein Bogen, der zum Beispiel bei Nacht im Winter und tagsüber im Sommer im Kofferraum eines Autos gelassen wird, ist Temperaturschwankungen von über 50°C ausgesetzt ist. Glaubt Ihr wirklich, dass alle einzelnen Komponenten Eurer Bogeneinstellung bei Minus 10°C und Plus 50°C gleich bleiben? Bei trockener Hitze in der Ebene oder bei eisigen Temperaturen auf 2000 Meter über dem Meer? Das könnt Ihr vergessen! Die Einstellung für eine konstante Gruppe muß immer wieder durchgeführt werden, sobald der Temperaturunterschied über 10°C ausmacht und die relative Luftfeuchtigkeit sich erheblich verändert. Die Wurfarme reagieren ob kalt oder warm unterschiedlich;

Bild 36 - Feuchtigkeit und Regen verändern das Schussbild

dichte Luft beeinflusst den Pfeilflug; die Sehne wird länger oder verkürzt sich und bedarf mehr oder weniger Umdrehungen; alle Gummi-oder Kunststoffteile in den Stabilisatoren reagieren unterschiedlich; der Fingerschutz rutscht ebenso unterschiedlich von der Sehne und noch vieles mehr ...

Und dann, die Pfeile selbst.

Die Pfeile sind die Hauptursache einer Veränderung der Gruppe. Die Pfeile verbiegen sich, gehen kaputt, sind bei jedem Auftreffen auf der Scheibe unglaublichen mechanischen Belastungen ausgesetzt. Die Spitzen neigen dazu sich zu lösen. Die Nocken können mit der Zeit auf der Sehne lockerer sitzen. Soll sich eine Feder lösen so wird sie nicht immer genau gleich wieder aufgeklebt. Der Schaft wird nicht vor jeder Passe neu gereinigt, usw.

Pfeile unterscheiden sich alle voneinander,... und dieser

Bild 37 - Eine deformierte Feder ist ohne Zweifel eine Fehlerquelle

Unterschied wird bei jedem Gebrauch und mit jeder Instandsetzung immer größer.

Die Fertigungstoleranz zweier rein hypothetisch identischer Pfeilserien (á 12 Pfeilen) aus Aluminium/Karbon oder Karbon, die aber nicht zur selben Zeit gekauft wurden, erlaubt es nicht diese zu mischen. Versucht immer 12 oder 24 Pfeile zusammen und aus derselben Charge zu kaufen; versucht auch diese auszuschießen (wie in einem der vorigen Kapitel beschrieben). Diese Pfeile müssen ausgeschossen werden und dürfen nur gesondert benutzt werden. Die Ergebnisse der Gruppe und das Tuning werden so sicherlich besser ausfallen. Wechselt die Nocken regelmäßig, da sie höchsten Belastungen ausgesetzt sind und mit der Zeit Spiel bekommen können. Achtet darauf, daß die Spitzen und eventuelle Inserts perfekt verklebt sind. Wenn die eine oder die andere Komponente durch schlampiges Kleben während des Fluges den Pfeil zum Vibrieren bringt, läßt dies die Gruppe unvorhergesehen größer werden.

Eine periodische und gründliche Wartung - speziell bei Aluminium/Karbon-Pfeilen -, bestehend aus der Erneuerung der Spitzen, der Inserts, der Federn und der Nocken, gibt Ihnen zweifelsohne die Möglichkeit eine konstant gute Gruppe zu schießen.

Nun der Fingerschutz

Einer meiner Schützenkollegen im Verein hatte in letzter Zeit immer wieder Probleme mit der Gruppe. Die befiederten Pfeile, die noch ein Jahr vorher perfekt mit dem Unbefiederten gruppierten, steckten nun „wild" im Roten und der Unbefiederte selbst ganz links (steifer Pfeil bei einem Rechtshänder). Wir hatten keine Chance ihn wieder in die Gruppe zu bringen... irgend etwas hatte sich verändert, aber was?

Die Antwort auf diese Frage fanden wir drei Minuten später, als wir seinen Fingerschutz untersuchten. Tausende von geschossenen Pfeilen hatten das Leder fast gänzlich abgewetzt und der übriggebliebene dünne Lappen bot den Fingern kaum Schutz. Der Fingerschutz war gerade eine Saison alt, hatte aber Beschaffenheit seiner Oberfläche vollständig verändert und gab so keine mit dem restlichen Material kompatiblen Ergebnisse.

Ihr müßt es wagen, euren Fingerschutz periodisch zu ersetzen: Dies ist die einzige Lösung, konstante Resultate zu erzielen. Da der Fingerschutz aus Leder besteht, wird er sich Tag für Tag abnutzen und die Einstellung des Materials muss deshalb immer wieder kontrolliert werden. Sollten Zweifel oder Schwierigkeiten bestehen, darf nicht lange mit dem Tausch gezögert werden.

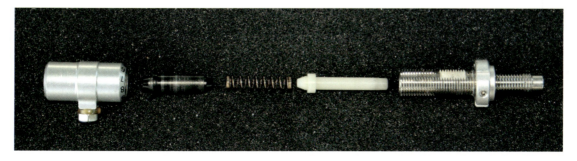

Bild 38 - Der Plunger muss regelmäßig auseinander genommen und gewartet werden

Und dann, die Reinigung des Plungers

In einem Plunger (= Button, Rasterbutton...), der einen ganzen Tag am Bogen montiert im Regen gestanden hat, sammeln sich nicht wenige Elemente, die nicht sehr förderlich für eine einwandfreie Funktion sind; zum Beispiel Schmutzpartikel, welche Elastizität und Arbeit des Plungers beeinträchtigen könnten und somit die Reaktion des Pfeiles und logischerweise der Gruppe. Vergesst nie den Plunger, nachdem er bei hoher Feuchtigkeit oder bei Nässe benutzt wurde, vollständig auseinander zu nehmen und alle Einzelteile sorgfältig zu reinigen und trocknen, damit er wie neu seine Arbeit weiter verrichten kann. Eine weitere Bitte: benutzt weder Öl noch Silikon oder andere Schmiermittel. Denn es gibt nichts schlechteres um Schmutz in einem Plunger zu binden.

Und die Sehne

Eine Fast Flight Sehne scheint ewig benutzt werden zu können. Dem ist aber nicht so. Fast Flight Sehnen sind beinahe unkaputtbar und man neigt dazu, sie nur dann zu tauschen, wenn sie „ästhetisch" nicht mehr tragbar sind. Dennoch sollte eine Fast Flight Sehne nach 4.000-5.000 Schuß ersetzt werden, da sie mit der Zeit ein unregelmäßiges Verhalten aufweisen kann, so dass zum Teil der Bogen anders klingen kann, die Leistung nicht gleichmäßig ist und kein konstant gutes Schießen mehr möglich ist. Die einzige Möglichkeit einer solchen Situation aus dem Weg zu gehen ist der periodische Austausch der Sehne selbst.

Und schlussendlich, die Wurfarme

In einem durchschnittlichen Jahr, mit ungefähr 200 geschossenen Pfeilen pro Woche oder 6000 Pfeilen im Jahr (es gibt ja immer wieder Pausen...), verliert ein gutes Paar Wurfarme nichts von seiner Leistungsfähigkeit. Wenn aber mehr als 10000 Pfeile in derselben Zeitspanne geschossen werden und dies über mehrere Jahre hinweg, dann ist wegen der Alterung der synthetischen Teile und der Kleber, die einen Leistungsverfall der Wurfarme hervorrufen, ein struktureller Verfall unvermeidbar. Somit bedarf es immer wieder kleinerer Korrekturen bei der Einstellung. Im Extremfall zwingt es den Schützen seine Wurfarme durch neue zu ersetzen.

Gibt es noch weitere Elemente, welche die Gruppe beeinflussen?

Sicherlich, aber diese beziehen sich meistens auf die materialbezogenen oder mechanischen Toleranzen die mit der Zeit auftreten. Typisches Beispiel dafür ist das Spiel, welches die Auflage mit der Zeit aufweist. Klare Sache: auch die Pfeilauflage muss regelmäßig gewartet oder ersetzt werden.

Zusammenfassend: Wartung!

Wie Ihr seht, ist eine immerwährende Wartung und Kontrolle aller Komponenten Eures Materials die einzige Möglichkeit die Ihr habt, um Eure Gruppe und so Eure Ergebnisse auf einem konstant guten Niveau zu halten.
Vergesst aber bitte nicht nach jeder Prüfung des Materials Euch selbst zu prüfen!

Vierter Teil

DIE SCHUSSTECHNIK

Die Schusstechnik lehren und erlernen 4.1

(Vittorio Frangilli)

Die klassische Lehrmethode beinhaltet grundsätzlich die Ausführung des Schusses und die Erklärung, wie diese in die Tat umgesetzt werden soll. Dies sind die entscheidenden Punkte für den Schießunterricht.

Tausende Worte werden Tag für Tag benutzt, um dieses magische Ganze zu erklären, Klar zu stellen, zu erläutern: Was erlaubt einem Pfeil zu einer Scheibe zu fliegen und diese in ihrer Mitte zu treffen?

Wie aber alle wissen, reichen Worte nie aus, um eine Botschaft zu überbringen, so einfach sie auch zu sein scheint; die Botschaft wird viel einprägsamer übermittelt, wenn den Worten auch Bilder beigemischt werden. Beim Bogensportunterricht, wie auch bei anderen Sportarten, ist deshalb sofort ein bildliches Beispiel unerlässlich.

Der Lehrer zeigt selbst die Aktion und beschreibt diese: dann fordert er den angehenden Bogenschützen auf, das eben Gezeigte nachzumachen. Es beginnt ein langer Prozess der Ausrichtung der Körperhaltung eines jeden einzelnen Schützen, bis man den Anschein einer korrekten Schießposition bei allen erreicht hat.

Generell hat damit der angehende Bogenschütze all das erreicht, was er sich von einem Bogensport-Anfängerkurs erwarten kann. Ihm wird deshalb nahegelegt so fortzufahren und sehr viel zu trainieren, um die Wiederholbarkeit der Schussfolge zu erlangen, die unabdingbar zur Verbesserung seiner Ergebnisse beitragen soll.

Bild 39 - Von Anfang an ist eine korrekte Schießtechnik zu lehren

Vorausgesetzt dass es sich hierbei um einen Lehrer auf hohem Niveau handelt, der mit dem Schützen arbeitet, welcher über eine sehr gute Körperkontrolle verfügt, kann durchaus ein akzeptables Ergebnis dabei herausspringen. In einem solchen Fall können Kommentare wie: "bereits nach wenigen Unterrichtsstunden könnte man glauben, er sei mit dem Bogen in der Hand geboren..." oder: "unglaublich, wahrlich ein Phänomen...!".

Was hat denn aber dieser angehende Bogenschütze wirklich gelernt? Und was tun, wenn er - und das wäre schlimm! - das was er eben erlernt hat in einer der nächsten Stunden wieder „vergisst"? Und was sollen die anderen sagen, die ihren Körper nicht so gut im Griff haben und somit die Kontrolle über das Material nicht sofort erlangt haben oder gar einen schlechten Lehrer hatten?

Die Wahrheit ist, daß ein Neuling in Wirklichkeit nichts gelernt hat, wenn nicht das Nachahmen - im Rahmen seiner Möglichkeiten - eines vom Lehrer gezeigten Schusses, mit seinem eigenen Schießstil.

Die Folge ist lediglich ein „Trial and Error", ein Versuchen und Fehlen, für eine unbestimmte Zeit, meist aber für die ganze Bogensportkarriere des angehenden Schützen.

Die Schussfolge lehren und diese dem Neuling verständlich zu vermitteln, ihm zu ermöglichen, dass er die einzelnen Elemente der Schussfolge kennt und sie in einer Sprache weitergeben kann, die auch andere Lehrer oder Trainer verstehen und somit dem Schützen im Notfall helfen können: **das ist der Schlüssel zu einem wirksamen, wiederholbaren und nachhaltigen Unterricht.**

Einfache Sprache, Unterricht mit bekannten Ausdrücken und Methoden und einer Reihe konkreter Elemente, müssen die Grundlage für jede gute Lehrmethode sein. Ich glaube, dass diese Basis voll und ganz in der von mir erklärten Methode realisiert worden ist, die Ihr in diesem Buch kennenlernen werdet.

Ihr werdet vor allem eine einfache Schießtechnik erlernen, ohne Schnörkel, ohne überflüssige Bewegungen, die es bereits einem Neuling erlauben, den Bogensport solide und kontrolliert ab den ersten Tag zu erlernen.

(Vittorio Frangilli)

Die Schussfolge besteht - wie allseits bekannt - aus einer Vielzahl von Bewegungen, die in einer bestimmten Sequenz auszuführen sind. Diese Sequenz kann mit tausenden unterschiedlichen Ausdrücken beschrieben werden.

Das Hauptproblem dabei ist, diese Sequenz in einzelne Schritte und Elemente aufzuteilen, die leicht verständlich und universell einsetzbar sind.

Von Grund auf sollte dies kein Problem sein, da jeder weiß, dass es notwendig ist, die Schultern mit der Scheibe auszurichten, den Bogen auszuziehen usw.

Es wäre ausreichend die klassische Schussfolge zu umschreiben und automatisch hätten wir alle notwendigen Parameter.

Weshalb ist denn dies noch nie gemacht worden oder nur indirekt in Büchern angeschnitten worden, die den Fehler in der Schussfolge suchen, indem sie vom schlechten Trefferbild ausgehen?

Die Antwort ist im Konzept der „durchgehenden und ununterbrochenen Schussfolge" enthalten, welche die Grundlage der klassischen Bogensportlehre ist.

In den vergangenen Jahren wurde in Italien eine technische Anschauung geschaffen, für die die schnelle Durchführung des Schusses das Maß aller Dinge war. So schnell wie die

Bild 40 - Jay Barrs - 1990

21 Sekunden, die der Olympiasieger von Seoul - der US-Amerikaner Jay Barrs - brauchte, um seine drei Pfeile zu schießen.

Die Versuche diesen Schießstil nachzuahmen - denn um Nachahmung handelte es sich -, haben bewirkt, daß von vielen Schützen versucht wurde, sich einen durchgehenden und ununterbrochenen Bewegungsablauf anzueignen, der aber so ohne weiteres nie zu verwirklichen war.

Die Weltmeisterschaft in Krakau, 1991, gab diesem Bestreben den Todesstoß. Von den achtundvierzig Finalteilnehmern waren nur die sehr jungen Denise Parker (USA) und Alison Williamson (GB) „Schnellschießer". Alle anderen konnte man zu den „Zielern" zählen, u.a. den italienischen Top-Schützen Giancarlo Ferrari (zweimaliger Olympiamedaillengewinner) und Tomi Poikolainen (Olympia Gold in Moskau 1980).

Bild 41 - Kim So Nyung - 1990

Bild 42 - Lee Eum Kyung - 1990

64

Weltmeister wurde damals ein unglaublicher Zieler, der Australier Simon Fairweather, 54 Pfund und 8 (!) Sekunden Vollauszug unter Klicker. Genauso wie 1989 in Lausanne ein weiterer Zieler Weltmeister wurde: der Russe Zabrodski. Ganz zu Schweigen vom „König aller Zieler": der Franzose Sébastien Flute, der erfolgreichste Schütze Anfang der Neunziger, Olympiasieger in Barcelona, Weltmeister in der Halle 1991, Europameister im Freien 1992.

Und die unglaubliche So-Nyung Kim? Sie war eine der wenigen Auserwählten, die einen durchgehenden und ununterbrochenen Bewegungsablauf umsetzen konnten, genauso wie Darrel Pace Ende der Siebziger. Doch die Goldmedaille in Barcellona hat eine untypische Koranerin gewonnen, Cho, eine Zielerin, genauso wie die mehrmalige Weltrekordhalterin und Weltmeisterin Eung-Kyung Lee, die sage und schreibe über 5 Sekunden unter dem Klicker stand.

Bild 43 - Stanislav Zabrodsky - 1991

Bild 44 - Sebastién Flute - 1991

Bild 45 - Darrel Pace - 1990

Bild 46 - Vittorio Frangilli und Simon Fairwether - 1991

Meines Erachtens haben die Zieler seit 1992 die klare Oberhand bekommen, und dies auch in der Welt der Compoundschützen. Nichts kann heutzutage dem Zufall überlassen werden, in einer Welt die von Finalrunden und direkten Ausscheidungen geprägt ist. In einer Welt, in der eine konstante Gruppe nicht zählt, sondern nur diese eine letzte entscheidende Zehn, die im richtigen Moment geschossen werden muss.

Der empfindliche und beeinflussbare Bogenschütze, der nur mit der gelben Ampel gut schießen kann und mit seiner Schnelligkeit versucht, seine Angst vor dem Versagen zu übertünchen. Der Schütze der durchgehend schießt, gezwungenermaßen dann jeden Schuß perfekt durchführen muss, um rechtzeitig den Pfeil lösen zu können, gerade dieser Schütze hatte keine Zukunft.

Seinen Platz hat der Schütze der absoluten und totalen Kontrolle eingenommen. Jener Schütze der durch die Kontrolle des eigenen Schießstils und Materials imstande ist seinen Bewegungsablauf den Gegebenheiten anzupassen, sowohl in Bezug auf das Zeitmanagement des Schusses wie auch auf die Schussfolge selbst.

Es ist der Bogenschütze aus „Eis" geboren; der Bogenschütze, der bei keinem wichtigen Wettkampf versagen wird, der in jedem Augenblick seines Bewegungsablaufes denkt und überlegt und immer weiß, was er macht. Denn das, was er macht, ist genau das, was er braucht, um das einzige für ihn tragbare Ergebnis zu schießen: eine Zehn!

Es ist der zielende Bogenschütze geboren, der der immer Herr der Elf Punkte seines Bewegungsablaufes ist. Jener Elf Punkte seines Schussfolge, die er zu jeder Zeit einzeln abrufen und ändern kann: **es ist der Häretische Bogenschütze geboren.**

(Vittorio Frangilli)

Weshalb elf Punkte? Weshalb nicht zwölf, dreizehn oder neun.

Die Unterteilung der Schießbewegung in eigenständigen Phasen zur besseren Analyse ist in der Vergangenheit immer wieder in Lehrbüchern erörtert worden. Es ist diesbezüglich viel getestet worden, doch die praktische Erfahrung hat mich zum Schluß gebracht, daß elf die genau richtige Zahl dafür ist. Wenn ich einem Schützling seine Schießtechnik beibringen oder verbessern will, muss er alle elf Phasen einzeln begreifen und analysieren können. Er muss so trainieren, daß er immer und zu jeder Zeit jede einzelne Sequenz während seines Schusses abrufen und zuordnen kann.

Auf jedem Fall muß einem jeden Schützen klar gemacht werden, daß es keinen „Auserwählten Schützen" oder „Erlesenen Schützen" gibt, da es nie einen perfekten und fehlerfreien Menschen geben wird. Deshalb wird es nie möglich sein, alle elf Punkte für jeden im Turnier geschossenen Pfeil einwandfrei durchzuspielen.

Wir alle, auch die große So-Nyung Kim, vergessen einen der elf Punkte und schießen trotzdem eine Zehn. Wenn wir aber zwei oder mehr vergessen, werden wir keine Zehn mehr schießen!

Welches sind denn nun diese „Elf Punkte" ?

Hier sind sie kurz zusammengefasst:

1	FÜßE UND KÖRPER ZUR SCHEIBE AUSRICHTEN
2	DIE BOGENHAND POSITIONIEREN
3	DIE FINGER AUF DER SEHNE POSITIONIEREN
4	DAS VISIER MIT DER ACHSE DES BOGENS UND DER SCHEIBE AUSRICHTEN
5	DIE BOGENSCHULTER UND DEN BOGENARM AUSRICHTEN
6	DIE SEHNE BIS ZUM VORGESEHENEN AUSZUG AUSZIEHEN
7	DAS ANKERN DER SEHNENHAND
8	DIE RÜCKENSPANNUNG PRÜFEN
9	DAS VISIER MIT DER ACHSE DES BOGENS UND DER SCHEIBE AUSRICHTEN
10	DAS VISIER GEGEN DIE SCHEIBE DRÜCKEN
11	LÖSEN

Nichts außerordentliches,... oder? Wie wahr! Aber diese Punkte sind irgend etwas das in den Kopf und in die Muskeln eines jeden Schützen Einzug nehmen muß und sich dort festsetzen soll. Es braucht eine Methode, um diese dann auch dort zu bewahren.

In den nächsten Kapiteln werden wir uns mit jedem einzelnen dieser elf Punkte befassen, mit den unterschiedlichen Anwendungsmöglichkeiten in den unterschiedlichsten Situationen und mit der Möglichkeit diese einem jedem einzelnen Schützen anzupassen.

Bild 47 - Elf Punkte für einen perfekten Schuss

Der erste Punkt:

FÜSSE UND KÖRPER ZUR SCHEIBE AUSRICHTEN

(Vittorio Frangilli)

Der Schussablauf soll von Anfang an korrekt beginnen oder er ist zum Scheitern bestimmt.

Der erste Punkt ist deshalb die Grundlage des Schussablaufes (der Schussfolge) und befasst sich nicht von ungefähr mit der sogenannten Haltung, dem Stand oder der Stellung des Schützen.

Der Bogenschütze nähert sich mit seinem gesamten Material der Schießlinie, stellt sich auf und findet seine Stellung,... was bedeutet das eigentlich „findet seine Stellung"? Er positioniert seine Füße wie es ihm beigebracht worden ist und fährt mit seiner Aktion fort.

Gut, dies scheint eine der einfachsten Übungen zu sein und wird dementsprechend während der anfänglichen einfachen Schießstunden mit wenigen Worten bedacht. Doch der Stand und die Position der Füße und des Körpers zur Scheibe sind die wahre Basis des Schussablaufes, weil sie den Stabilitätsgrad des Schützen während der gesamten

Bild 48 - Klassische Stellung

Schussfolge festlegen und beeinflussen. Welche Stellung soll man einnehmen, und wie?

Für einen Schützen in aufrechter Haltung gibt es drei mögliche Stellungen der Füße zur Scheibe:

- Die Klassische Stellung oder Gerade Stellung, bei der der Körper gerade zur Scheibe steht und die Füße parallel zum selben.

- Die Offene oder Diagonale Stellung, bei der der Unterkörper in Richtung Scheibe zeigt und einen mehr oder weniger großen Winkel zur Schießlinie einnimmt, während der Oberkörper - mehr oder weniger stark gedreht - fast parallel zur Scheibe steht.

- Die Geschlossene oder Invertierte Stellung, mit dem Unterkörper in einer Diagonale weg von der Scheibe, also umgekehrt zur eben beschriebenen Stellung, mit einem parallel zur Scheibe gedrehten Oberkörper.

Bild 49 - Offene Stellung

Jede dieser Stellungen hat ihre positiven aber auch negativen Seiten, hat sowohl Befürworter wie auch Gegner.

Der übliche Streit findet zwischen den Befürwortern der Offenen Stellung und der Klassischen Stellung statt. Die Geschlossene Stellung wird hingegen weltweit von sehr wenigen Schützen angewandt; es wird davon abgeraten, ausser in einigen wenigen später erklärten Fällen.

Die Klassische Stellung ist immer noch die, die weltweit am meisten gelehrt und angewandt wird. Sie ist aber auch diejenige mit den meisten Variationen.

Sie erlaubt eine annähernd optimale Ausrichtung des Bogenarms und der Schultern in Richtung Scheibe, und dies mit einem scheinbar geringeren Kraftaufwand. Diese Technik bedarf auch eines geringeren Lehraufwandes und ist intuitiver oder „natürlicher" für den Schüler.

Diese Haltung ist für behinderte Bogenschützen, für „kräftige" männliche Schützen und Damen mit großer Oberweite ein Muss und anders schwer umzusetzen.

Bild 50 - Geschlossene Stellung

Für alle anderen Schützentypen bietet diese Stellung trotzdem gute Ergebnisse; zum Beispiel in der modernen Variante, die speziell von einigen Schützinnen aus der Ukraine angewandt wird, die eine Betonung des Beckenbogens erzeugen und daraufhin ein Ungleichgewicht nach vorne des Oberkörpers.

Die Klassische Stellung ist und bleibt für all jene Schützen die bestmögliche Stellung, die die moderne Variante des „Power Archery" anwenden und den Körper in einer Linie mit dem Bogen halten (wird im Kapitel „Auszug" besser erläutert).

Meines Erachtens hat diese Klassische Stellung aber einen entscheidenden Nachteil. Sie kann von einem Schützen nicht in allen Schießlagen eingehalten werden: speziell im Feldbogenschießen nicht.

Sicherlich ist sie bei Schüssen in der Ebene gut. Wahrscheinlich ist sie noch akzeptabel wenn man einen Hang hoch schießt. Aber unmöglich wenn man bergab schießen will. Die Folge ist, dass der Schütze in diesem Fall seine Haltung gegenüber der Scheibe verändern muss.

Bild 51 - Michele Frangilli

Als sich die Offene Stellung erstmals ankündigte, erfüllte sie die meisten mit Staunen. Man munkelte dass der große amerikanische Champion Rick McKinney unglaubliche Ergebnisse erzielte, indem er im 45 Grad Winkel zur Schießlinie schoss, und dies mit einem unglaublich überzogenen Auszug und einer brutalen Torsion des Oberkörpers.

Wir schrieben das Jahr 1977 und die klassischen Bogensportlehre „erlaubte" höchstens ein paar Grad Abweichung von einer zur Schusslinie parallelen Stellung.

Die Regel besagte (und diese gilt noch heute für die Klassische Stellung):

„Stellt euch senkrecht zur Scheibe, zieht den Bogen, ankert, zielt und schließt die Augen zehn Sekunden lang. Daraufhin öffnet die Augen und kontrolliert wie sich das Visier auf der Scheibe bewegt hat. Wiederholt die Sequenz, indem ihr den rechten Fuß (den linken für Linkshänder) Richtung Scheibe bewegt, bis sich das Visier bei offenen und bei geschlossenen Augen nicht mehr bewegen wird. Dies ist die eigene natürliche Haltung." Aber worauf bezieht sich dieses „natürliche"? Die offene Haltung hingegen stützt sich auf folgende Voraussetzungen: Die Rotation des Oberkörpers hilft den Bogen besser auszuziehen zu können und die diagonal zur Scheibe aufgestellten Füsse, auch über 45 Grad, erlauben ein besseres Ausgleichen des Körperschwergewichtes speziell während der Auszugsphase. Diese Haltung erscheint deshalb stabiler und effektiver zu sein. Darüber hinaus ist sie jeder nur möglichen Schussposition anpassbar, egal ob eben, bergauf oder bergab geschossen wird.

Bild 52 - Rick McKinney - 1990

Komplementär zur Offenen Stellung steht auch der seitliche Anker in all seinen Facetten, mit dem unumgänglichen Handicap, dass sie von bestimmten Schützen nicht angewendet werden kann, und zwar von korpulenten Schützen oder - verallgemeinernd - von allen Schützen mit möglichen Berührungspunkten zwischen Brustkorb und Sehne.

Weshalb ist die Offene Stellung der Klassischen oder Traditionellen vorzuziehen und wer kann sie verwenden?

Über die eben beschriebenen Gründe hinaus gibt es eine praktische Feststellung die man nicht übersehen darf.

Sowohl bei der Weltmeisterschaft in Lausanne (1989) als auch bei der in Krakau (1991) haben alle Finalteilnehmer bei den Herren und 80% bei den Damen die Offene Stellung eingenommen; einige offener als andere. Diese Situation hat sich wie ein roter Faden durch alle Weltmeisterschaften bis heute durchgezogen. Wenn diese Haltung von den weltbesten Bogenschützen angewandt wird, dann muss sie zwangsweise auch die beste sein, oder?

Die Geschlossene Stellung wird - wie bereits erwähnt - kaum benutzt und kann nur ein einer bestimmten typischen Konstellation gewinnbringend angewandt werden. Das ist der Fall, wenn die Länge des Vorderarmes des Zugarmes nicht ausreicht, um bei vollem Auszug eine korrekte Ausrichtung des Oberkörpers (Schultern und Arme) zur Scheibe hin aufzubauen. In diesem Fall hilft es den hinteren Fuß hinter die gedachte Linie zu stellen, die die Scheibe und die Position des Schützen verbindet, um ein optimales Gleichgewicht zu finden.

Kommen wir nun zur Ausrichtung der Füsse und des Körpers zur Scheibe, egal für welche Stellung man sich schlussendlich entschieden hat. Der Schütze kommt auf die Schießlinie, richtet die Füße entlang der imaginären Linie zur Scheibe aus und.... sieht dass er nicht im Winkel dazu steht, dass die Scheibe oder der Platz irgendwie nicht richtig ausgerichtet ist.

Die Basis der korrekten Ausführung des ersten Punktes ist, dass man sich nicht anhand der Schießlinie ausrichtet, denn diese ist oft nicht in einer Linie zur Scheibe oder gar nicht existent (zum Beispiel beim Feldschießen).

Man soll sich immer und ausschließlich zur Scheibe hin ausrichten. Dies ist aber nicht so einfach, da es nicht intuitiv funktioniert. Der Schütze muss lernen, die eigene Position in Bezug auf die Scheibe zu finden. Er muss diese speichern, so wie er auch alle Bewegungen und Bezugspunkte speichern muss, die ihm das Ausrichten erleichtern.

Das „Wie" ist das Geheimnis des ersten Punktes...

Auf der Schießlinie oder dem Pflock angelangt, muss der Schütze den Bogen horizontal hinstellen, so dass der obere Wurfarm in Richtung Scheibe zeigt. Der Bogen wird so ein Hilfsmittel, indem er die Gerade vom Schützen zur Scheibe andeutet und somit die Ausrichtung des Standes erleichtert.

Anders gesagt richtet der Schütze die Füße nun gemäß seiner subjektiven Erfahrung einzig und

Bild 53 - Michele Frangilli - anfängliche Stellung des Rückens

allein entlang der entstandenen Bogenlinie. Die so erlangte Position wird immer perfekt und konstant sein, egal wie die Scheibe ausgerichtet ist.

Zu speichern sind folgende Unterpunkte des Ersten Punktes:

- Auf die Schießlinie treten (Beim Feldschießen: an den Pflock kommen)

- Den Bogen horizontal mit dem Ende des oberen Wurfarmes in Richtung Scheibe hinstellen

- Die Füße entlang der Bogenlinie ausrichten.

Einfach, oder?

Der zweite Punkt:

DIE BOGENHAND POSITIONIEREN

(Vittorio Frangilli)

Wenn ein Bogenschütze das erste Mal einen Bogen in die Hand nimmt, fragt er sich nicht wie und wo er seine Hand in den Bogengriff legen soll.

Mit dem Lauf der Zeit, nach einigen Trainingseinheiten und Schüssen, beginnt sich das Problem in seiner ganzen Stärke zu zeigen.

Bild 54 - Michele Frangilli

Das Positionieren der Hand im Bogengriff ist Punkt Zwei der Abfolge, genauso wichtig wie alle anderen und dennoch einer der schwierigsten.

Wie wir alle nur allzu gut wissen gibt es keine zwei Bögen mit demselben Griff (Griffschale), beziehungsweise kann derselbe Bogen nicht mehrere Griffschalen aufnehmen und es gibt keine zwei Bogenschützen, die den Bogen auf dieselbe Art und Weise in der Hand halten. Vor allem gibt es keine zwei Bogenschützen mit exakt derselben Hand.

Grundsätzlich gibt es exakt drei Arten der Positionierung der Handfläche, beeinflusst durch die dazugehörende Position des Handgelenks: die hohe, die neutrale und die tiefe.

Mit einem hohen Handgelenk kann die Kraft des Bogenarms auf die Griffschale vorwiegend nur auf die Vertiefung derselben wirken (auf den Pivot- oder Drehpunkt). Demnach wird die Positionierung der Hand im V zwischen Zeigefinger und Daumen erfolgen.

Das Verhältnis zwischen Hand und Handgelenk ist geprägt durch die Steifigkeit und die Spannung des Gelenks selbst, deshalb spricht man von einem „steifen Handgelenk". Mit einem niederen Handgelenk wird die Kraft auf die Basis, also den unteren Teil der Griffschale gebracht, fast auf der Höhe des Gelenks. Der Anlagepunkt wird sich auf der Unterseite des Handballens positionieren. In extremen Fällen kann es sogar dazu kommen dass das Zeigefinger-Daumen-V sich von der Griffschale löst.

Bild 55 - Michele Frangilli

In diesem Fall spricht man von einem „entspannten Handgelenk". In Wirklichkeit ist die Hand diejenige die gänzlich entspannt ist.

Das neutrale Handgelenk ist der Kompromiss zwischen einem hohem und einem niederen.

Der Auflagepunkt auf der Griffschale ist zwischen der Lebenslinie und dem oberen Ballen (am Daumen), einige Zentimeter unter der Vertiefung des Zeigefinger-Daumen-V.

Die Hand liegt vollständig im Griff, doch wird der Druck vorwiegend auf den eben beschriebenen Punkt übertragen.

Bild 56 - Michele Frangilli positioniert die Bogenhand

Bild 57 - Carla Frangilli

Das Handgelenk ist in diesem Fall auch wirklich entspannt und der reelle Druckpunkt auf der Griffschale wird durch die Beschaffenheit derselben bestimmt. Und die Finger der Bogenhand? **Die Finger liegen weich und entspannt an der Aussenseite des Mittelteils.** Eventuell können der Mittelfinger, der Ringfinger und der kleine Finger um die Griffschale angewinkelt sein. Eine dritte Alternative ist es, alle Finger an der Aussenseite des Griffes stark anzuwinkeln, ausser dem Zeigefinger, der zur Zielscheibe zeigt. Diese Technik ist seit langer Zeit nicht mehr gebräuchlich und auch nicht nachzuahmen, wenn nicht als vereinzelter Versuch.

Es ist naheliegend, dass die Position von Daumen und Zeigefinger von der Bogen-schlaufe abhängig ist (die Fingerschlaufe versteift sie ein wenig). Außer einem seitlichen Verschieben der Handfläche zur Auflagefläche (außen- oder innenligender Griff), gibt es glücklicherweise keine anderen Variablen.

Bild 58 - Carla Frangilli

Wie soll nun die Hand am Bogen positioniert werden?

Kein Geheimnis in diesem Fall: Die Hand muss tief und fest in das Zeigefinger-Daumen-V in der Vertiefung der Griffschale gelegt werden. Sie muss praktisch horizontal gehalten werden und dann muss das Handgelenk entspannt werden, bis der Handballen auf den Griff aufliegt und die Finger um das Mittelteil geschlungen werden, ohne es fest zu umklammern. Wenn dabei die Sehne leicht gezogen wird ist das für eine immer wiederkehrenden Bewegungsablauf von Vorteil. Es ist dennoch wichtig, dass es nie zu einer Interferenz auf der äusseren linken Seite (bei Rechtshandschützen) zwischen Hand und Griffschale kommt.

Bild 59 - Das Positionieren der Bogenhand

Bild 60 - Das Positionieren der Bogenhand

Da es von extremer Wichtigkeit ist, dass der Druck auf einen bestimmten wiederkehrenden Punkt der Griffschale angewandt, wird man versuchen die Griffschale leicht anzupassen, um das entsprechende Gefühl zu verstärken.

DIE FINGER AUF DER SEHNE POSITIONIEREN

(Vittorio Frangilli)

Bild 61 - Michele Frangilli

Die Finger auf der Sehne positionieren und die Sehnenhand für den Auszug vorzubereiten ist der Dritte wesentliche Punkt dieses Ablaufs.

Es gibt keine Hand die der anderen gleicht und deshalb gibt es keine gleichen Anhaltspunkte für die einzelnen Finger der Sehnenhand an der Sehne selbst. Nicht einmal die Anzahl der zu benutzenden Finger ist immer die gleiche. Wenn auch drei die am häufigsten benutzte Anzahl von Fingern ist, ist es offensichtlich nicht unabdingbar drei Finger an der Sehne zu benutzen.

Der Gebrauch dreier Finger - Zeigefinger, Mittelfinger und Ringfinger - wird weltweit wie nach Vorschrift gelehrt. In der Vergangenheit gab es aber großartige Bogenschützen, die weit über 1300 Ringe und sogar Weltrekorde geschossen haben und das mit nur zwei Fingern an der Sehne.

Beispiele dafür sind Sante Spigarelli - mehrmaliger Ex-Weltrekordhalter - , der den Mittel - und den Ringfinger benutzte, während er den Zeigefinger oberhalb des Pfeiles streckte, und der früh verstorbene niederländische Weltklasseschütze Erwin Verstegen, der nur den Zeigefinger über dem Pfeil und den Mittelfinger unter demselben benutzte. Ganz zufällig ist dies auch seit über dreißig Jahren der Schießstil des Autors.

Und was ist zum Amerikaner Richard "Butch" Johnson zu sagen, im Mannschaftswett-

Bild 62 - Michele Frangilli

kampf Olympiagoldmedaille in Atlanta 1996 und Bronzemedaillegewinner in Sydney 2000, der absichtlich die Spannung des Ringfingers verringert, bis er kurz vor dem Lösen ganz von der Sehne wegrutscht?

Die Finger richtig auf der Sehne zu positionieren, bedeutet die Zugkraft gleichmäßig und korrekt auf die Finger zu verteilen. Diest ist sowohl von der Länge der einzelnen Finger, wie auch von der relativen Position der Beugung des ersten Gliedes der benutzten Finger abhängig.

Ich möchte das Konzept besser erläutern: Das Problem der Positionierung der Finger wird leichter lösbar sein, wenn die Linie der Beugung des ersten

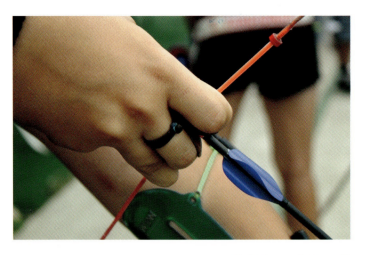

Bild 63 - Carla Frangilli

Gliedes der benutzten Finger auf einer Linie sind. Große Unterschiede in der Länge der Finger werden unvermeidlich Schwierigkeiten in der Positionierung derselben auf der Sehen mit sich bringen. Ebenso wird die Verteilung der Zugkraft auf den Fingern selbst schwierig und demnach sind Korrekturen an der Position notwendig, die nicht der allgemeinen Regel entsprechen.

Absolut zu vermeiden sind:

> Mit allen drei Fingern in der Beugung des zweiten Gliedes der drei benutzten Finger zu ankern
> Ein oder mehr Finger in der Mitte der Fingerkuppe zu ankern.

Abgesehen von diesen zwei falschen Vorgehensweisen, stehen Ihnen alle anderen zur Verfügung, die man sich aneignet und korrekt, effektiv und immer wieder in gleicher Weise anwenden kann.

Die empfohlene Methode der Positionierung der Hand auf der Sehne ist deshalb wie folgt:

A) Zeigefinger oberhalb des Pfeiles auf der Sehne positionieren.

B) Mittelfinger und Ringfinger unterhalb des Pfeiles auf der Sehne positionieren.

C) Alle drei Finger auf der Sehne so positionieren, daß die Falte der Beugung des ersten Gliedes von Zeigefinger und Ringfinger in der Sehne liegen.

D) Die Finger auf der Sehne nach unten gleiten lassen, bis der Zeigefinger mit dem Pfeil in Kontakt kommt und der Mittelfinger davon leicht getrennt ist.

E) Den Daumen schließen und mit dem kleinen Finger in Berührung bringen.

F) Die Hand so weit es geht entspannen, dass sich die Sehne auf einer Ebene mit den ersten Gliedern der Finger und der gestreckten Sehnenhand befindet.

Eine kurze Anmerkung: wenn Sie merken, dass der Ringfinger während des Auszugs der Sehne von ihr weggleitet, ist es auf jeden Fall besser, diesen definitiv nicht zum Einsatz zu bringen, ihn anzuwinkeln und mit dem kleinen Finger unter den Daumen festzuhalten.

Bild 64 - Carla Frangilli

Bild 65 - Das Positionieren der Finger auf der Sehne

Bild 66 - Das Positionieren der Finger auf der Sehne

Bild 67 - Michele Frangilli - Positionieren der Finger auf der Sehne

Der vierte Punkt:

DAS VISIER MIT DER ACHSE DES BOGENS UND DER SCHEIBE AUSRICHTEN

(Vittorio Frangilli)

Bild 68 - Michele Frangilli - Das Visier mit der Zielscheibe ausrichten

Die Füsse sind ausgerichtet, die Bogenhand ist entspannt im Bogengriff und die Finger der Sehnenhand sind ebenfalls gut positioniert.

Nun heben wir den Bogen auf die Ziellinie und zielen.

Das Prinzip ist einfach: wenn ich mit der Schießfolge weitermachen will, nachdem ich den Bogen Richtung Scheibe angehoben habe, darf ich keine Änderungen in der Ausrichtung des Bogens mehr vornehmen, bis der Pfeil das Ziel erreicht hat. Vereinfacht: es darf keine vertikale oder horizontale Abweichung auf der Höhe des Drehpunktes des Bogens geben.

Um zu diesem Ergebnis zu kommen, bedarf es unverzichtbar eines Einklangs aller Bewegungen, die wir nach dem Anheben des Bogens in Richtung Scheibe vornehmen, so dass der Drehpunkt des Mitteleils und des Griffes während der Schussfolge in einer Linie bleiben, sowohl in der horizontalen (parallel zur Schießlinie) wie auch in der vertikalen Ebene (Entfernung vom Boden). Also lasst uns als Erstes zielen!

Der Bogen ist Richtung Scheibe angehoben, die Finger ziehen leicht an der Sehne, damit der Bogen in eine stabile vertikale Lage gebracht wird.

Nun führen wir das Visier ins Gold und richten die Sehne leicht rechts vom Zielpunkt aus (bei Rechtshändern).

Wir werden sehen, dass das Visier, infolge einer korrekten Ausführung der nun kommenden Punkte, am Ende des Auszugs und des Ankerns in der Zielscheibe mittig sein wird, aber leicht tiefer.

Ein Ratschlag der einem Anfänger leicht zu vermitteln ist: um dies auszugleichen sollte bereits in der ersten Ausrichtung umso höher gezielt werden, je tiefer der Schütze nach dem Ankern auf die Scheibe gezielt hätte. Auf lange Sicht ist diese Maßnahme nicht die Lösung des eigentlichen Problems, sondern verhindert die wirkliche Korrektur des eigentlichen Problems, welches nicht von der Ausrichtung des Visiers verursacht wird, sondern von einer korrekten anfänglichen Ausrichtung des Kopfes und damit des fünften Punktes.

Also, lasst uns in die Mitte zielen und... fortfahren!

Der fünfte Punkt:

Der fünfte Punkt: 4.8

DIE BOGENSCHULTER UND DEN BOGENARM AUSRICHTEN

(Vittorio Frangilli)

Bild 69 - Michele Frangilli - Ausrichten der Schulter und des Armes in Richtung Scheibe

Allein die Ausrichtung des Körpers zur Scheibe und die Möglichkeiten die es gibt, um ein Maximum an Beständigkeit und Wiederholbarkeit zu erlangen, könnten Gegenstand einer eigenen Abhandlung sein.

Die Puristen sagen, dass der Körper des Bogenschützen absolut in vertikaler Position stehen soll; der Schwerpunkt fällt in die Mitte des Trapezes, dessen Schenkel die Füße auf den Boden zeichnen. In dieser Position und ohne irgendeiner anderen Bewegung der Schulterachse soll der ganze Schussablauf erfolgen.

Beginnen wir mit der Behauptung, dass die eben erwähnte klassische Methode meistens von solchen Schützen benutzt wird, die die traditionelle Bogensportschule bevorzugen. Dies ist aber bei keinem der besseren Schützen weltweit der Fall.

Alle Topschützen zeigen bei näherer Betrachtung einige Eigenarten im Schussaufbau und ganz speziell im Aufbau der Ausrichtung zur Scheibe. Sie versuchen all jene Kontrollpunkte zu beachten die nötig sind, um die Schultern korrekt zur Scheibe auszurichten.

Wenn das Ergebnis des Auszuges der ist, die Schulterlinie so gut es geht mit dem Bogenarm auszurichten, so gibt es unendlich viele Methoden dies zu erreichen.

83

Bild 70 - Ausrichten der Schulter und des Armes in Richtung Scheibe

Bei der Aufteilung des weiteren Schussablaufs können wir von zwei hauptsächlich durchführbaren Möglichkeiten ausgehen, deren Varianten wir nun näher betrachten wollen.
Die erste Möglichkeit erinnert an die klassische Methode und dreht nach der Zielphase - der Vierte Punkt - den Oberkörper mehr oder weniger ein, bis die Schultern senkrecht zur Scheibe stehen, wobei das Visier immer in der Mitte des Zieles stehen bleibt.
Die zweite Möglichkeit, die sich fast automatisch ergibt, beschreibt eine extrem offene Stellung der Füße, **bei der die Schultern zur Linie der Beine ausgerichtet werden und dies schräg zur Scheibe.** Der unmittelbare Vorteil, der sich bei der ersten Variante ergibt, ist eindeutig der, dass das „T" der Schultern bereits vor dem Beginn des Auszuges aufgebaut wird und man so bereits von vornherein „ausgerichtet" ist.
Leider stimmen diese theoretischen Ergebnisse nicht mit den real sich einstellenden Schwierigkeit überein. Man kann sich nicht selbst bei der Realisierung einer effektiven/richtigen T-Stellung kontrollieren. Sollte die Realisierung gelingen, zeigt sich hingegen eine Korrektur nach Beginn der Auszugsphase als schwierig. Wichtig: in der zweiten Möglichkeit wird man erst am Ende des Auszuges ausgerichtet sein; deshalb kann man nicht von Ausrichtung des Körpers in dieser Phase sprechen, sondern nur von der Positionierung desselben.
Die unübersehbaren Vorzüge dieser Methode sind zum einen, dass die relative Position der Bogenschulter während des Auszuges leicht überprüft werden kann, zum anderen, dass der Auszug selbst - oder das Öffnen des Bogens - mit der unmittelbaren Hilfe der Schultermuskulatur erfolgt, und zwar von Beginn an und in symmetrischer Weise.
Die Nachteile sind aber genauso wenig zu leugnen und sie werden grundsätzlich mit der Tatsache in Verbindung gebracht, dass die auszuführende Bewegungsfolge geometrisch komplexer wird und vor allem die Bogenschulter - die sich während des Auszuges auf die gleiche Ebene wie der Bogenarm und der anderen Schulter bewegen soll - eine größere

Bewegung macht und sich so innerhalb dieser Ebene befinden könnte: Wenn das der Fall wäre, würde diese Haltung die darauffolgende Schussfolge irreparabel schädigen.

Welche Lösung soll nun bevorzugt werden?

Zum Erlangen einer stabilen und kontrollierten Situation sicherlich die erste.

Sollten sich aber einige Fehler wiederholt einschleichen, vor allem in der Situation eines „zu tiefen Visieres" bei vollem Auszug oder konstant tief mittig oder rechts auftreffenden Pfeilen, dann ist es naheliegend Ihnen zu empfehlen, einige Schüsse mit der zweiten beschriebenen Möglichkeit durchzuführen, bis der Schussablauf wieder wie gewünscht durchgeführt werden kann. Jedenfalls gibt es für beide Möglichkeiten einen gut gemeinten Ratschlag: Führt beim Auszug des Bogens zwei bewusste und gewollte Bewegungen durch, die beide erforderlich für die darauffolgende Aktion sein werden; zum einen die physische und mentale Projektion der Bogenschulter in Richtung der Scheibe, zum anderen das „Tieferlegen" der Bogenschulter (in Wirklichkeit ein Eindrehen nach aussen).

Und der Bogenarm?

Der Bogenarm muss mental und physisch so gut es geht versteift werden, bevor irgendeine andere Bewegung durchgeführt wird. Ich möchte Ihnen nahelegen - obwohl ich es in der Zwischenzeit bereits voraussetze -, dass die modernen Lehrmethoden keine Drehung nach oben und nach aussen des Ellenbogens des Bogenarmes mehr vorsehen, um eine Valgusstellung (= extreme Durchbeugung) zu verhindern. Ausser diese Durchbeugung ist so ausgeprägt, dass der Bogenarm die Sehne berührt. Dann wäre eine Drehung die einzige Möglichkeit um einen Kontakt zu verhindern. Einen „eingeknickten" oder „leicht angewinkelten" Bogenarm darf es nicht geben.

Der Bogenarm muss steif sein, „Knochen gegen Knochen", oder zumindest dieser Vorstellung so nahe wie möglich.

Bild 71 - Ausrichten der Schulter und des Armes in Richtung Scheibe

4.9 Der sechste Punkt:

DIE SEHNE BIS ZUM VORGESEHENEN AUSZUG AUSZIEHEN

(Vittorio Frangilli)

Ihr werdet euch fragen, weshalb dafür ein gesonderter Artikel gemacht wird? Schlussendlich wird die Sehne gezogen und damit hat es sich. Es ist wahr, die Sehne wird gezogen,... aber wie? Auf welchem Weg? Bis wohin? Und was muss ich dabei überprüfen?

Bild 72 - Michele Frangilli - Die Sehne bis zum vorgesehenen Auszug ziehen

Nun sind wir endlich an den wahrhaftigen Anfang des Schussablaufes gekommen und nochmals muss alles überdacht und überprüft werden, nichts kann instinktiv erfolgen oder gar dem Zufall überlassen werden.

Es gibt drei grundlegende Auszugswege auf der vertikalen Achse und zwei auf der horizontalen Achse, mit mindestens sechs möglichen Kombinationen. Dazu kommen noch alle Möglichkeiten die dazwischen liegen können. Wie Ihr Euch denken könnt ist ein konstanter Auszugsweg keine einfache und leicht reproduzierbare Aufgabe... ganz im Gegenteil!

Die „traditionelle" Technik lehrt uns wieder, die Bewegung mit höchster Effizienz auszuführen und deshalb soll die Sehne auf den kürzesten Weg zum Ankern am Gesicht geführt werden. In der Theorie scheint dies die leichteste und am ehesten wiederholbare Ausführung zu sein.

Leider ist dies in der praktischen Umsetzung nicht der Fall. Die Linie besteht aus dem Wegam Anfang des Auszuges des Schützen und dem Ankerpunkt des Schützen. Leider ist es nahezu

Bild 73 - Die Sehne bis zum vorgesehenen Auszug ziehen

Bild 74 - Die Sehne bis zum vorgesehenen Auszug ziehen

unmöglich diese Linie genau zu ermitteln und dann dieser auch zu folgen.

In der Realität wird nämlich der Auszug immer so ausgeführt, dass die horizontale Ebene einigermaßen konstant bleibt, während auf der vertikalen Ebene unterschiedliche Winkel entstehen können, zum Beispiel indem man von oben startend (über der Höhe der Schultern) nach unten auszieht. Dies aber nie in einer geraden Linie.

Da der wünschenswerte Auszug in einer geraden Linie eigentlich Utopie ist und dies mit Leichtigkeit bewiesen worden ist, erscheint es logisch eine der anderen zwei Möglichkeiten auszuwählen. Zwar jener, die vorsehen die Sehne entweder „von unten" oder „von oben" auszuziehen, und dies mit größtmöglicher Beständigkeit.

Bild 75 - Die Sehne bis zum vorgesehenen Auszug ziehen

Denn im Falle einer Abweichung bleibt der Auszug von Anfang an auf demselben eingeschlagenen Weg, in einem minimal kleineren oder größeren Winkel, aber nie dem der vorhergehenden Aktion entgegengesetzt: dies kann sehr wohl bei einem linearen Auszug geschehen.

Man muss immer bedenken, dass der Auszug selbst in einem sicheren und wiederholbaren Ankerpunkt am Gesicht enden muss und deshalb ist es ein Leichtes zu beweisen - wie wir es in der Fortsetzung tun werden - , dass die einzige Möglichkeit einen korrekten Auszug auszuführen die ist, leicht von oben nach unten kommend die Sehnenhand auf einer parallelen Linie entlang dem Bogenarm zu führen.

Diese Aktion muss jedoch immer von einer weiteren Kontrolle der Position der Sehnenhand eingeleitet werden, bei der das Handgelenk in der Linie des Pfeiles auf dessen horizontalen Achse sein muss; enstpannt aber mit einem soliden Griff.

Der Auszug muss mit einer fließenden und konstanten Bewegung ausgeführt werden. Nie mit einer Beschleunigung, einem Rucken oder Zerren, und dies von Anfang an. Der Schütze muss auf den Klicker sehen und die Bewegung des Pfeiles unter dem Klicker beobachten. Die Bewegung beim Auszug hat erst dann zu enden, wenn die Pfeilspitze weniger als einen Millimeter vor dem Auslösen des Klickers steht. Da es abhängig von den unterschiedlichen

Bild 76 - Die Sehne bis zum vorgesehenen Auszug ziehen

Lichtbedingungen unter Umständen keine klare Sicht auf die Position der Pfeilspitze und des Klickers geben kann, ist es ratsam das Erreichen des gewünschten Auszuges mit einem kleinen Trick zu überprüfen. Sobald das Pfeilende in die konische Spitze übergeht, bewegt sich das Klickerblech Richtung Mittelteil.

Achtung! Die Kontrolle der Position der Pfeilspitze unter dem Klicker am Ende des Auszuges und vor dem Ankern ist ein Schlüsselpunkt des Schussablaufes der Garant für Ergebnisse auf hohem Niveau sein soll.

4.10 Der siebte Punkt:

DAS ANKERN DER SEHNENHAND

(Vittorio Frangilli)

Bild 77 - Michele Frangilli - Ankern

Der Auszug ist nun an seinem Ende angelangt, die Spitze ist einen Millimeter vom Auslösen des Klickers entfernt: Wir müssen aber noch die Sehnenhand ankern. Auch in diesem Fall erfordert eine in der Theorie sehr einfache Aktion eine Reihe von extrem komplexen Bewegungen, von denen abermals der gute Ausgang der gesamten Schussfolge abhängt.

Wir blicken noch immer auf die Position der Pfeilspitze unter dem Klicker, die auf jeden Fall konstant gehalten werden muss, ohne nachzugeben, bis wir zum Ankerpunkt gelangt sind. Anschließend müssen wir folgende Abläufe oder Bewegungen miteinander verbinden:

A) Den Auszug fortsetzen, indem wir mit der Bogenschulter leicht nachgeben und diese in Richtung Wirbelsäule bewegen lassen.

B) Den am Gesicht vorgesehenen Ankerpunkt von unten nach oben anfahren. Diese Aktion kann durch eine Mundmarke erleichtert werden. Die Mundmarke wird von unten an die vorgesehene Position gebracht: diese Bewegung soll man auf dem Gesicht spüren können, da die Sehne bereits Kontakt mit dem Gesicht hat, während die Mundmarke erst bei der endgültigen Ankerhöhe an ihren Bestimmungsort gelangt ist.

C) Am Ende dieser letzten Bewegung müssen die unterschiedlichen Bezugspunkte am Gesicht angefahren worden sein und dies in folgender Reihenfolge: Daumen am Hals, Zeigefinger am Unterkiefer, Mundmarke am Mund und der kleine Finger am unteren Teil des Halses. Zuletzt sollte der Kopf so bewegt werden, dass die Nase einen Kontaktpunkt an der Sehne hat.

Der Siebte Punkt besteht demnach aus einer großen Anzahl an kleineren, untergeordneten Kontrollen, die es einem Schützen schwer machen diesen Punkt korrekt zu verwalten und zu beherrschen. Es gilt festzuhalten, dass ein Schütze einige dieser Kontrollen mit anderen, individuellen Lösungen ersetzen oder ergänzen kann, um seinen persönlichen Stil zu verfeinern und seinen Bedürfnissen anzupassen.

Bild 78 - Ankern

Im Falle dass der Anker mittig ist, ist eine Mundmarke wahrscheinlich nicht erforderlich. Wenn aber die Nase zu kurz ist, kann sie unter Umständen nicht mit der Sehne in Kontakt gebracht werden. In diesem Fall ist es unumgänglich einen seitlichen Anker und die Mundmarke anzuwenden, die auch als „Nasenmarke" zweckentfremdet werden kann (Marke auf der Höhe der Nasenspitze positioniert).

Der kleine Finger am Hals ist ein wichtiger Referenzpunkt um festzustellen, ob die Sehnenhand während der Auszugsphase vertikal geblieben ist. Der Bezugspunkt am Hals kann - abhängig vom endgültigen, individuellen Ankerpunkt - auf der Innen - oder auf der Aussenseite der Halssehne liegen.

Zum Abschluss sei gesagt, dass, wenn der endgültige Ankerpunkt mit einem Daumen hinter dem Hals erreicht wird - weil dies so vom Schützen gewollt ist -, eine Bewegung des Kopfes zuerst nach aussen und dann nach innen - in die Ausgangsposition - erforderlich ist. Diese Technik und individuelle Schussfolge wird von Michele Frangilli für die Ausführung des Siebten Punktes angewandt.

Bild 79 - Ankern

Der achte Punkt:

DIE RÜCKENSPANNUNG PRÜFEN

(Vittorio Frangilli)

Bild 80 - Michele Frangilli - Kontrollieren der Rückenspannung

Diese Phase des Schussablaufes ist in den Jahren mehrmals umbenannt worden. Man hat sie „Ausführen der sekundären Traktion" betitelt, oder „Schließen des Rückens", „Back Tension erzeugen", „Rückenspannung fühlen"... in letzter Zeit sogar „Übergehen in die Transferphase". Der Inhalt ist immer der gleiche.

An diesem Punkt der Schussfolge angelangt, ist es notwendig die Haltekraft der Sehne von den äusseren Muskeln der Sehnenhand an die der Bogenschulter und deren Trapez zu übertragen (transferieren).

Da es nicht nur eine mögliche Art der Bewegung gibt, um das erwünschte Ergebnis zu erzielen, muss der Bogenschütze eine der nachfolgend beschriebenen Bewegungen ausführen oder eine Kombination derselben, bis ein eindeutiges Gefühl der Kraftübertragung der Sehnenhand an die Muskulatur der Zugschulter eintritt. Dies muss so geschehen, dass sich die Pfeilspitze unter dem Klicker nicht bewegt.

A) Die gesamte Zugschulter in Richtung eines immaginären Punktes hinter derselbigen bewegen.

B) Die Spitze des Ellenbogens des Zugarmes leicht nach oben drehen (aber nur leicht) und gleichzeitig in Richtung eines theoretischen Punktes hinter der Linie des Pfeiles.

Achtung! Da sich während dieser Bewegung der Auszug verändern kann, muss sich auch die

Bogenschulter synchron in die entgegengesetzte Richtung bewegen, um einen Auszugsverlust oder das Auslösen des Klickers zu vermeiden.

Da Worte oder Beschreibungen nicht dazu beitragen können, ein Gefühl richtig zu empfinden, empfehle ich als Übung zur Sensibilisierung der Kontrolle der Schulterspannung den Formaster in der elastischen Version zu benutzen (ein Produkt das von Richard Carella, dem Erfinder der Spin-Wings, entwickelt wurde). Die Übung mit dem Formaster sollte für einige Trainingseinheiten im Wechsel mit normalen Schüssen durchgeführt werden, bis das richtige Gefühl erlangt wird.

Sollte diese Phase korrekt ausgeführt werden, glaubt ein aussenstehender Beobachter, dass der Schütze einen Augenblick unter dem Klicker stillsteht und dies anscheinend für einige

Bild 81 - Kontrollieren der Rückenspannung

Sekunden. In Wirklichkeit ist es so, dass der Auszug unterbrochen wird, weil die Arbeit der Rückenmuskulatur umgeschichtet und so weit es geht fortgesetzt wird. Die Kontraktion der Rückenmuskulatur in diesem Bewegungsablauf ist dabei oft kaum von aussen sichtbar.

Der neunte Punkt:

DAS VISIER MIT DER ACHSE DES BOGENS UND DER SCHEIBE AUSRICHTEN

(Vittorio Frangilli)

War denn das nicht schon der Vierte Punkt?

Sicherlich, es ist auch der Vierte Punkt, aber mit noch größerem Recht ist es auch der Neunte. Wir hätten den Vierten Punkt auch „Vorzielen" nennen können und den Neunten Punkt „Zielen", oder aber ganz anders. Fakt ist, dass es zwei Phasen sind, die sich gänzlich voneinander unterscheiden, die in zwei unterschiedlichen Momenten des Schussablaufes zu erfolgen haben, obschon sie mit denselben Worten beschrieben werden.

Viel zu oft vergisst man, dass der Bogensport ein „Zielsport" ist. Die Wichitgkeit der Zielphase wird aber des Öfteren heruntergespielt. Wie kann man erwarten, einen Pfeil in das X

Bild 82 - Michele Frangilli - Das Visier entlang der Bogenachse und der Zielscheibe ausrichten

zu schießen, wenn nicht eine sorgfältige Zielphase vollzogen wurde?

Wir sind fast am Ende der Schussfolge angelangt, die Pfeilspitze ist ganz nahe am Rande des Klickers. Die Rückenspannung ist hergestellt und - endlich - sehen wir wieder durch das Visier, das wir bei Punkt Vier in die Mitte des Goldes positioniert hatten,... und wir finden es genauso wieder. Vielmehr kontrollieren wir, ob dass das Visier immer noch im Gold steht, beziehungsweise korrigieren wir unsere Haltung mit minimalen Bewegungen, um das Visier vom Rand des Goldes in die Mitte desselben zu bewegen. Wenn ich mich aber mit dem Visier ausserhalb dieser

Grenze befinde, ausserhalb des Goldes, dann bedeutet es, dass die Position des Kopfes, die am Anfang der Ausrichtung unter Punkt Vier stand, und die endgültige Position des Kopfes unter Punkt Acht nicht die gleichen sind.

Die Korrektur kann mit einer leichten Bewegung des Kopfes durchgeführt werden, wie bereits unter Punkt Vier, und zwar nach dem folgenden Schema:

A) Wenn das Visier tief ist, muss der Kopf in der Anfangsphase nach hinten geneigt werden, und umgekehrt;

B) Wenn das Visier links ist, muss der Kopf mehr nach links geneigt werden, und umgekehrt;

C) Verfahrt so weiter fort und verwendet bei den ensprechenden Endpositionen des Visiers Kombinationen der bisher beschriebenen Korrekturen.

Bild 83 - Das Visier an der Zielscheibe ausrichten

Es bedarf in diesem Falle also eines Neustarts der Schussfolge, und zwar so lange, bis das Ergebnis der Korrekturen des Kopfes den optimalen Effekt bewirkt.

Nun stehen wir mit dem Visier perfekt in der Mitte des Goldes und müssen uns um die folgende Ausrichtung kümmern, die mindestens genauso wichtig ist: die Ausrichtung der Sehne.

Die Sehne ist dem Auge sehr viel näher als das Visier und deshalb ist es nur theoretisch möglich, diese genau in der Mitte der Wurfarme zu sehen. In Wirklichkeit ist das, was wir normalerweise sehen können, nur ein sehr konfuser Schatten, abhängig von den Lichtverhältnissen und der Fokussierung des Auges, die sich meist auf das Visier konzentriert: Wir nennen ihn von nun an „Sehnenschatten".

Für ein optimales Ergebnis muss der Sehnenschatten an der Innenseite des Visiers (zum Bogenfenster hin) positioniert werden. Eine einfache Methode, um sicher zu gehen, dass der Sehnenschatten richtig liegt, ist ihn am Anfang der Schussfolge mit dem Visier auszurichten. Dann muss der Schatten zum Fenster hin verschoben werden, bis das Visier selbst klar und deutlich sichtbar wird. Es sieht einfach aus, jedoch bedarf diese Aktion einer minimalen Bewegung des Kopfes.

Der Sehnenschatten muss sich dem Gesamtkonzept unterordnen. Er muss in dieser Phase genau dort sein, wo die Sehne selbst (als sie noch sichtbar war, bevor die Sehne ausgezogen wurde) am Anfang des Auszuges positioniert wurde.

Bild 84 - Das Visier an der Zielscheibe ausrichten

Der gesamte Neunte Punkt enthält eigentlich kein aktives Element, abgesehen von der Bewegung der Augen, die sich von der Pfeilspitze weg zum Visier hin bewegen. Dies dient jedoch zur Kontrolle für die darauffolgende Phase.

4.13 Der zehnte Punkt:

DAS VISIER GEGEN DIE SCHEIBE DRÜCKEN

(Vittorio Frangilli)

Wir sind nun endlich an den schicksalhaften Augenblick der Aktion gekommen, die den Klicker zum „Klicken" bringt.

Wir wissen sehr wohl, dass wir nur einige hundertstel Millimeter von jenem schicksalhaften „Klick" entfernt sind, der es uns endlich erlauben wird die mentale und körperliche Spannung zu lösen und den Pfeil in Richtung Scheibe fliegen zu lassen. Wir fragen uns aber immer wieder, wie es denn möglich sei, die Pfeilspitze unter dem Klicker um diese Winzigkeit zu bewegen, damit der Klicker seine Arbeit beenden kann und wir endlich den befreienden Klang hören?

Bild 85 - Michele Frangilli - Das Visier gegen die Zielscheibe drücken

Der traditionell beschriebene Schussablauf sieht vor, dass der Zug „ununterbrochen bis zum Klicken des Klickers" durchzuführen sei.

Der hier beschriebene Schussablauf, jener der Elf Punkte des Häretischen Bogenschützen, sieht keine ununterbrochene lineare Bewegung vor, sondern eine Reihe komplexer motorischer Bewegungen mit Kraftvektoren, die sich überschneiden, die eigene Richtung und Geschwindigkeit ändern, entsprechend der respektiven spezifischen Kontrollen während der einzelnen Phasen. Wir sind demnach in einer Phase der Schussfolge, die einen weiteren Wechsel der Abfolge der Muskelbetätigung erfordern.

Wir müssen nun den gesamten Bogen in Richtung Scheibe „drücken".

Es gibt nämlich drei unterschiedliche Techniken, um den Pfeil durch den Klicker zu bringen.

Die „klassische", bei der der Ablauf fortgeführt wird, indem die Sehnenhand und die Sehnenschulter in einer Teildrehung in Richtung Rücken weiterziehen (Pull = engl. Zug).

Gefolgt von der „Push-Pull" Technik (Drücken und Ziehen, seit neuestem auch Expansionstechnik genannt), bei der die Schussfolge weitergeführt wird, indem die Muskeln der Bogenschulter in Richtung Scheibe projiziert werden, während gleichzeitig die eben beschriebene Pulltechnik der Sehnenhand und -schulter angewendet wird.

Schlussendlich die Technik des Häretischen Bogenschützen, die lediglich einen reinen Druck der Bogenschulter vorsieht, mit einem fast statischen Kontrast von Seiten der Sehnenhand.

Die Vor- und Nachteile der drei Techniken sind leicht zusammenzufassen.

Bei der „klassischen" Technik, der reinen Pull-Technik, versteift der Schütze die Bogenschulter (er „blockiert sie" oder „stellt sie fest", wie man zu sagen pflegt) und konzentriert all seine Bemühungen darauf, die Sehne bis zum Klicken des Klickers zu ziehen. Der erste, intuitive Nachteil ist die Tatsache, dass sich durch diese Bewegung der am Gesicht vorgesehene Ankerpunkt verändert, meist nicht kontrollierbar (sog. „beweglicher Ankerpunkt"). Der zweite Nachteil ist, dass bei Fehlen einer absolut einwandfreien Körperausrichtung, die mentale Konzentration zu sehr auf die Sehnenhand verlagert wird und dadurch die Bogenseite des Schützen beim Lösen einem kleineren oder größeren Zusammenbruch der Auszugslinie ausgesetzt sein wird. Der dritte Nachteil ist, dass sich durch das unausgeglichene Kräfteverhältnis ein eventueller seitlicher Wind auf den Bogenarm sehr kritisch auswirken kann und so ein einwandfreies Auslösen des Klicker und Lösen der Sehne beeinträchtigt.

Bei der Push-Pull-Technik, theoretisch die beste, ist der Schießablauf in beiden Körperhälften synchron, deshalb wird der Ankerpunkt stabil sein. Der Koordinationsaufwand der nötig ist, um die gesamte Schussfolge perfekt symmetrisch durchführen zu können, ist jedoch extrem groß und nicht für jeden geeignet. Das Ziel einer gleichzeitigen Ausdehnung (Expansion) beider Rückenhälften wird sehr oft verfehlt und so ein Fehler meist verstärkt.

Die Technik eines einzigen Druckes gibt eindeutig die größte Effizienz in der Kosten-Nutzenbetrachtung. Vor allem wird die geistige Aufmerksamkeit vollständig auf die Bogenseite übertragen. Dies verhindert weitestgehend den Einbruch des Bogenarmes. Zusätzlich minimiert der immerwährende Druck auf die Bogenschulter in Richtung Scheibe die eventuell durch den Wind verursachten seitlichen Abweichungen.

Drittens stellt diese Methode eine klare Verringerung von Fehlern dar. Befindet sich der Schütze in einer Phase mit Schießfehlern oder einer mentalen Schwäche, kann er noch während des Schusses von einer Push-Pull Phase in eine Pull-Phase wechseln, um so durch den Klikcer zu kommen; somit kann er mögliche Fehler verhindern.

Zusammenfassend kann festgehalten werden, dass die Aktion des reinen Drückens mehr als die beiden anderen Techniken „verzeiht".

Der Häretische Bogenschütze wird demnach diesen Zehnten Punkt durchführen, indem er den Bogen ohne Unterbrechung in Richtung Scheibe drücken wird und unter Aufbietung all seiner geistigen und physischen Kräfte die Gelenke und Muskeln der Bogenschulter beziehungsweise des Bogenarmes kontrollieren wird. Jedoch wird er darauf achten, dass er seinen Bogenarm nie in dieser Phase vollständig durchdrücken wird, da er bereits durchgedrückt sein muss - wie schon beschrieben.

Oft wird versucht diese Phase des Schusses schön zu reden. Man will einem Schützen, der die klassische Technik kennt, die Angst davor nehmen, indem man zum Beispiel folgenden psychologisch angehauchten Satz sagt:"...Du musst daran denken die Schulter und den Arm in Richtung Scheibe zu drücken. Es ist keine richtige Bewegung, es ist nur ein psychologischer Ansatz, um das Visier im Gold zu halten und nicht mit dem Bogenarm wegzubrechen..." , und dieser Satz schafft schlicht und ergreifend die falschen Voraussetzungen!

Es gibt sicherlich einen Zusammenhang zwischen einem definierten, mechanisch korrekten Auszug und dem entsprechenden muskulären Einsatz, der benötigt wird, um die Pfeilspitze durch den Klicker zu bringen. Diese Arbeit muss zweifelsohne durch ein Ausdehnen der Muskulatur der Bogenschulter ausgeführt werden, mit einem immerwährenden Feed-Back des Visiers, das im Gold stehen muss. Diese Arbeit wird nicht nur mental oder psychisch kontrolliert,... men muss auch dafür körperlich was tun, damit der Klicker endlich klickt!

Bei Schützen, die diese Phase des Schussablaufes korrekt durchführen, ist es extrem leicht zu

Bild 86 - Das Visier gegen die Zielscheibe drücken

beobachten, dass die Pfeilspitze statisch unter dem Klicker verharrt, während sich der gesamte Bogen - an dem der Klicker ja befestigt ist - um Bruchteile von Millimeter in Richtung Scheibe bewegt, bis der Klicker sich löst.

Dem Vorurteil, dass diese Technik nur was für körperlich starke Schützen sei, ist sofort zu entgegnen, da die mechanische Beanspruchung der Bogenschulter nicht übermäßig ist und so die Bewegung minimal ist.

So kommt es, dass die Push-Technik von allen Schützen benutzt werden kann. Es dreht sich alles nur darum, die Bogenschulter zuerst in der Kompressionsphase (beim Auszug) und dann in der Ausdehnungsphase (beim Lösen) elastisch zu halten.

Achtung: das Zusammenspiel der Bewegungen soll immer ohne das Einbeziehen des Ellenbogenmuskulatur oder der Bogenhand erfolgen. Den Arm oder die Hand „geraderücken", um den Klicker zu lösen, ist in einer so heiklen Phase des Bewegungsablaufes absolut nicht ratsam.

Der elfte Punkt:

LÖSEN

(Vittorio Frangilli)

Der Klicker „klickt" und...

Bild 87 - Michele Frangilli - Das Lösen

Wenn man bei den ersten zehn Punkten alle entsprechenden Kontrollen ausgeführt hat, dann ist all das, was nach dem Klicken geschieht, nur eine Folge dessen, was man davor gemacht hat, und dies kann nur der korrekte Abschluss des Schusses sein. Die Analyse dessen, was nach dem Klicken des Klickers geschieht, ist ein unabdingbares Werkzeug für die Erkennung der Fehler und die Anwendung bestimmter Korrekturen für all jene Fälle, bei denen der Schussablauf nicht einwandfrei war.

Der theoretische Ablauf des Lösens ist scheinbar äußerst einfach. Das vom Klicker verursachte Geräusch wird vom Hirn empfangen, der den Fingern der Sehne befiehlt sich zu entspannen. Die Sehne entgleitet den Fingern und beginnt den Pfeil Richtung Bogen zu drücken, während sich die Sehnenhand - aus einer rein natürlichen Reaktion heraus - in die entgegengesetzte Richtung bewegt. Das sehen wir von aussen und können es uns auch vorstellen. In Wirklichkeit kann man das Lösen mit einer Hochgeschwindigkeitskamera filmen und beobachten, dass sich die Sehne längst in Richtung Bogen bewegt hat, bevor die Sehnenhand die Bewegung in die entgegengesetzte Richtung beginnt. Daraus entstammen einige logische Folgerungen: Die wichtigste ist sicherlich, dass die größte Beeinflussung auf das Ergebnis nicht von einem sauberen Lösen und einer sauberen Bewegung der Bogenhand ausgeht, sondern ausschließlich von einer korrekten Aktion des Bogenarms und der Bogenschulter im selben Augenblick. Denn wenn man die Bogenschulter bereits in der Auszugs-/Ankerphase korrekt eingedreht und

Bild 88 - Das Lösen

Bild 89 - Follow-Through

positioniert wurde und beim Klicken in Richtung Scheibe gedrückt hat, dann kann der Bogenarm nur in Richtung Scheibe und Pfeil gehen, sobald sich die Finger geöffnet haben. Eventuelle darauffolgende Richtungsänderungen der Sehnenhand werden deshalb keine

Bild 90 - Das Lösen

Bild 91 - Follow-Through

Wirkung zeigen. Eindeutig ein weiterer Vorteil der „Drücktechnik".

Die Analyse des Verhaltens aller Körperteile, die während des Lösens ihre Position verändern, und des Verhaltens des Bogens selbst gibt darüber hinaus - wie bereits erläutert - Aufschluss über eventuelle Fehler in der Schussfolge in einem oder mehreren der zehn vorhergehenden Punkte.

Der Ellenbogen des Bogenarmes streckt sich? Klar, da er leicht gebeugt war.

Die Bogenhand wechselt nicht ihre Position? Sie war offensichtlich vor dem Lösen angespannt.

Die Sehnenhand bewegt sich nach aussen? Die Auszugsphase erfolgte nicht auf einer korrekten Linie.

Bild 92 - Das Lösen

Die Bogenhand bewegt sich nach unten? Der Ellenbogen der Zughand war zu hoch und die endgültige Endphase des Lösens erfolgte mit einer Kontraktion der Sehnenhand.

Die Sehne berührt den Bogenarm? Die Bogenhand oder die Bogenschulter waren zu weit innerhalb der Auszugslinie.

Für den Schützen ist es deshalb sehr wichtig jene paar Sekunden nach dem Lösen in der entstandenen Position zu verharren, dem sogenannten "follow-through" (Nachhalten, dem Pfeil durch das Lösen hinaus folgen). In dieser sehr wichtigen Phase erreicht jede mechanische und körperliche Komponente, die durch das Lösen in Bewegung gesetzt worden ist, seine endgültige Bestimmung.

Als Folge eines korrekten Schussablaufes in allen Punkten, wird man nach einem korrekten Lösen folgendes beobachten:

1) Der Bogen bewegt sich in Richtung Scheibe, bevor er von der Stabilisation beeinflusst anfängt nach unten abzudrehen.

2) Die Sehnenhand wird entlang des Halses nach hinten gleiten.

3) Der Ellenbogen der Sehnenhand wird sich zuerst nach hinten und dann nach unten bewegen. Die „follow-through"-Phase dient dazu, diese drei wichtigsten Anzeichen für eine gut ausgeführte Schussfolge zu kontrollieren.

Und der Pfeil? Der Pfeil wird nach wenigen Sekunden in der X aufschlagen, wenn alle Elf Punkte überprüft worden sind, und der Schütze im Moment des Lösens seine Aufmerksamkeit und Sicht vom Visier auf den Pfeil bewegt hat, damit er so schnell es geht den Pfeilflug und das

Bild 93 - Follow-Through

Auftreffen auf der Scheibe beobachten kann. Auch die Art wie der Pfeil den Bogen verlässt und der Pfeilflug sind wichtige Faktoren für die Prüfung und die Rückmeldungen aller Abschnitte der Schussfolge. Dies alles sollte auf jeden Fall für die Kontrolle der perfekten Einstellung des gesamten Systems, bestehend aus Bogen und Schütze, genutzt werden.

Bild 94 - Das Lösen

Bild 95 - Follow-Through

(Vittorio Frangilli)

Die Bilderreihen des Schussablaufes von Michele und Carla Frangilli und von Elena Maffioli, die die einzelnen Punkte besser erläutert haben, sind an unterschiedlichen Tagen und unter nicht gleichmäßigen Bedingungen geschossen worden. Einige sind künstlich zusammengestellt worden, zum Beispiel wenn alle drei Personen zusammen aufgenommen wurden. Andere wurden bei unterschiedlichen Turnieren aufgenommen. Insbesondere die Bilder der Rückenaufnahmen von Michele - die in allen Elf Punkten enthalten sind - sind während des ersten Turniertages des Doppel FITA Turniers von Ivrea am 28. Mai 2005 geschossen worden. An jenem Tag hat Michele mit 327 Ringen einen neuen Italienischen auf 90 Meter geschossen. Das Endergebnis lag dann bei 1343 Ringen. Am darauffolgenden Tag hat er das Ergebnis von 1343 wiederholt und somit mit 2686 einen neuen Rekord in der Doppel FITA Runde aufgestellt.

Bild 96 - Ivrea, 28 Mai 2005

Wenn man die Bilderreihen komplett auf einer Seite betrachtet, kann man jede Sequenz mit der darauffolgenden vergleichen und sehen, dass alle auf die Theorie der Elf Punkte aufbauen.

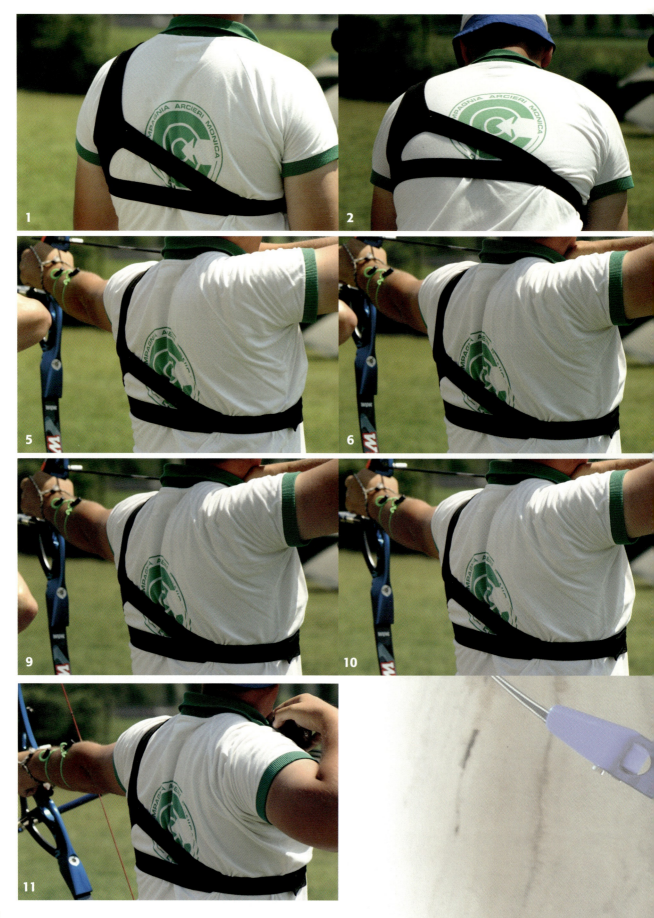

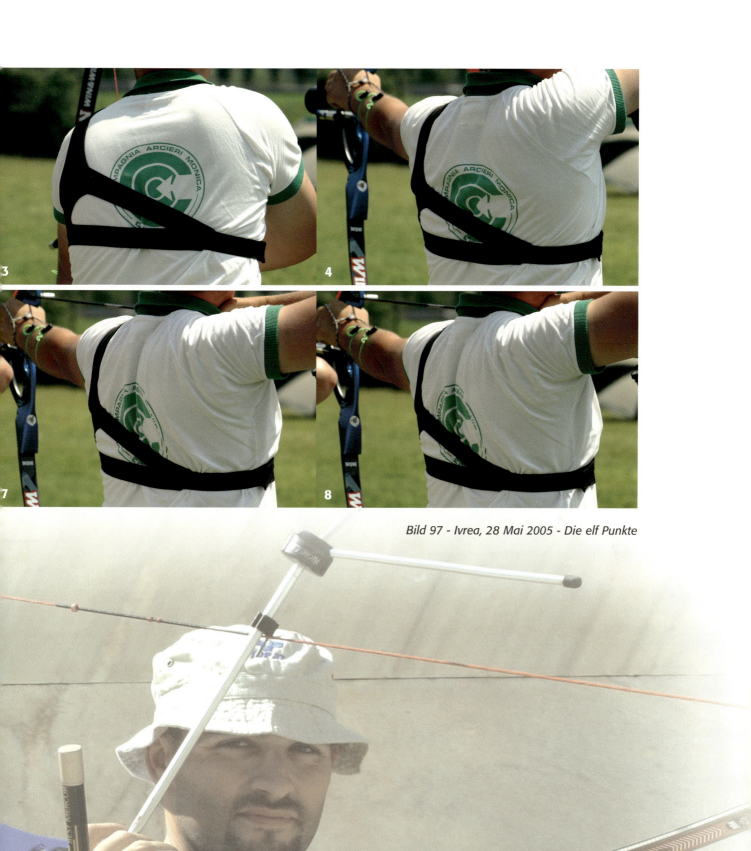

Bild 97 - Ivrea, 28 Mai 2005 - Die elf Punkte

Bild 98 - Ankern und Lösen

Bild 99 - Ankern und Lösen

1

2

3

Bild 100 - Die Basissquenz

Bild 101 - Die Basissquenz

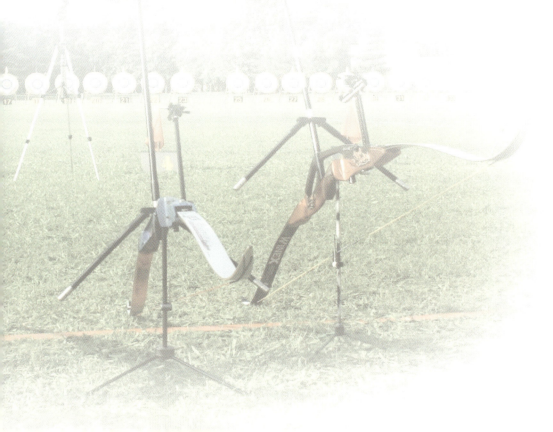

Fünfter Teil

DAS TRAINING

Die sechs Gebote für das Training

(Vittorio Frangilli)

Dauernd wird darüber diskutiert, wie viele Pfeile geschossen werden müssen, um eine gezielte Verbesserung vorzunehmen oder Internationales Niveau zu erreichen.

Oft hört man Zahlen von 300, 500 oder auch 1000 Pfeilen pro Tag, die man schießen sollte um ein solches Niveau zu erlangen. Es hört sich ebenso schrecklich an, dies in einer absoluten Zahl zu sagen. Es sollten jedoch 50.000 Pfeile im Jahr geschossen werden.

Wenn wir annehmen, daß sechs Mal in der Woche geschossen wird und man 30 Tage im Laufe des Jahres aussetzt und nicht schießt, würde dies bedeuten, dass 180 Pfeile am Tag geschossen werden und dies würde jeden Tag beinhalten, auch einen Reisetag oder einen Turniertag an dem nicht so viele Pfeile geschossen werden. Also kommen wir doch auf 300/400 Pfeile am Tag, um den angepeilten Jahresschnitt 50.000 geschossenen Pfeilen zu erreichen.

Während es für einen Top-Schützen nicht aussergewöhnlich ist von Zeit zu Zeit 300 oder 400 Pfeile zu schießen, ist es nicht üblich das ganze Jahr über so viele Pfeile zu schießen.

Gewiss ist nur, dass die Anzahl der notwendigen Pfeile, um auf hohem Niveau mithalten zu können, in großem Maße von der Trainingsmethode und dem anfänglichen Leistungsstand abhängt.

Michele Frangilli hat im Jahr 2000 knapp unter 28.000 Pfeile geschossen, ungefähr 2.000 weniger wie im Olympiajahr 1996 (alle übrigen Jahre war die Zahl noch geringer). Seine Schwester Carla hat, zwölfjährig, im Jahr 2000 knapp 6.000 Pfeile geschossen, indem sie zweimal pro Woche trainierte.

Dies sind exakte Zahlen, mit einer kleinstmöglichen Abweichung, denn beide benutzen ein kleines tragbares Zählgerät und tragen das Tagespensum in ein Tagebuch ein. Mit diesem System war es über die Jahre hinweg möglich, sehr viel über den Unterschied zwischen empfundenem Training und reellem Training zu erfahren. Dieser Unterschied ist wahrlich sehr groß!

Die dabei gesammelten Erfahrungen haben es uns erlaubt, Theorien und Methoden zusammenzustellen, die das Umfeld und die verfügbare Zeit als die zwei grundlegenden Faktoren sehen, und diese in jeder Situation während einer Trainingseinheit in Betracht zu ziehen sind. Es ist schlicht und ergreifend unnütz Trainingseinheiten von hunderten von Pfeilen für einen Studenten oder einen normalen Arbeitenden einzuplanen oder jenem Schützen, der den Sport nicht professionell ausüben kann.

Wenn nur die Anzahl der Pfeile betrachtet wird, dann könnte es den Anschein erwecken, dass viele Pfeile auf drei Metern Entfernung, mit geschlossenen Augen geschossen, genügen könnten. Diese sogenannte „quantitative" Trainingseinheit ist meines Erachtens absolut zu vermeiden.

Auf kurzer Entfernung ohne Auflage zu schießen kann (vielleicht) in der Aufwärmphase vor und am Ende einer Trainingseinheit dienen, um sich zu entspannen; aber zwischen diesen zwei Phasen bedarf es einer mindestens dreifachen Anzahl an „qualitativ" geschossenen Pfeilen.

Es ist nämlich ganz normal, dass sich kleine Fehler im Ablauf des Schusses ergeben können, wenn auf kurzer Entfernung ohne Zielscheibe und ohne „Kontrollen" geschossen wird. Diese werden dann in der Schussfolge gespeichert und führen eventuell dazu, dass die Fähigkeit die Aktion zu kontrollieren verloren geht, während die physische Form sich verbessert.

Ich sage normalerweise meinen Schützen, dass sie für jeden „schlechten" Schuss sofort mindestens zwei perfekte Schüsse nachlegen müssen, um den negativen Effekt auszugleichen. Daraus folgt: wenn man 200 Pfeile auch nur mit minimalen Fehlern schießt, sind 400 perfekte Schuss notwendig, um an den Ausgangspunkt zu gelangen.

Wenn wir nun versuchen diese Erkenntnisse zu erläutern und zu schematisieren, kommen wir zur Definition der Sechs Gebote für das Bogensport-Training:

1	WENN DU KEIN PROFI BIST, SOLLTEST DU DICH BESSER AUF EIN „QUALITATIVES" TRAINING BESCHRÄNKEN UND VERGISS DIE ANZAHL DER GESCHOSSENEN PFEILE.
2	SCHIESSE NICHT WEITER, WENN DU MERKST, DASS DU NICHT GUT SCHIESST; ABER HÖRE NICHT AUF BIS DU NICHT GUT SCHIESST.
3	ERLAUBE NICHT, DASS SICH EIN FEHLER INNERHALB VON ZWEI AUFEINANDERFOLGENDEN PFEILEN WIEDERHOLT.
4	EINE SAUBERE UND GLEICHMÄSSIG WIEDERHOLTE SCHUSSFOLGE SIND DIE WICHTIGSTEN FAKTOREN, WENN DAS ERGEBNIS EINES JEDEN SCHUSSES EINE PERFEKTE 10 SEIN SOLL.
5	EIN X-ZEHNER IST KEIN GUTES ERGEBNIS, WENN ER DIE FOLGE EINES SCHLECHTEN SCHUSSES IST.
6	DIE QUALITÄT EINES BOGENSCHÜTZEN STEIGERT SICH ALS DIREKTE FUNKTION DER DIFFERENZ ZWISCHEN ANZAHL DER GESAMMELTEN „GUTEN" SCHÜSSE UND ANZAHL DER GESAMMELTEN „SCHLECHTEN" SCHÜSSE.

Wenn Ihr immer an diese sechs Gebote denkt, werdet Ihr sicherlich bessere Bogenschützen werden und Ihr werdet es von Trainingseinheit zu Trainingseinheit spüren.

Bild 102 - Auch die Geste ist wichtig

Erwartung und Bewertung der Leistung 5.2

(Vittorio Frangilli)

Bogenschießen besitzt von allen Olympischen Sportarten eine Einzigartigkeit: Top-Schützen können, zumindest in Westeuropa, wöchentlich an offiziellen Wettkämpfen teilnehmen. Die Vielzahl und Abwechslung der verfügbaren Turniere ist so groß, dass ein Schütze unter Umständen am selben Wochenende an zwei Turnieren an unterschiedlichen Orten teilnimmt,... und das ist kein Scherz!

Es ist nicht erforderlich ein Trainingsexperte des Hochleistungssport zu sein, um zu wissen, dass es faktisch unmöglich ist für einen Top-Schützen Woche für Woche Leistungen auf Top-Niveau zu bringen. Und dies gilt nicht nur im Bogensport, sondern auch in jeder anderen Sportart. Es kommt hingegen immer wieder vor, dass ein Sonntagsschütze oder Amateur sich darüber wundert, dass er am letzten Wochenende seine Bestmarke um einiges verbessert hat und nicht imstande ist dies am darauffolgenden Sonntag zu wiederholen oder gar zu überbieten. Wegen der darauf folgenden Frustration und Wut soll schon der eine oder andere den Bogensport aufgegeben haben.

Es liegt auf der Hand: Ein fehlendes Einschätzungsvermögen in Bezug auf die eigene Leistung, verbunden mit der fehlenden Fähigkeit zur Festlegung eigener Ziele mit realistischen Ergebnissen, kann

Bild 103 - Immer trainieren und sich messen

zu einer absolut negativen Beurteilung des Resultates führen. Unabhängig vom dabei rein technischen Erfolg, der vom Schützen selbst erlernt und erreicht wurde. In der Sportliteratur gibt es tonnenweise Bücher und Texte über diesen Sachverhalt, doch keines bezieht sich unmittelbar auf den Bogensport. Eine Lücke die ich - zumindest teilweise - im nun folgenden Artikel zu füllen versuche.

5.3 Bewertung der Schießleistung im Training

(Vittorio Frangilli)

Der Bogensport wird als eine „genaue" Sportart definiert. Wie alle Schießsportarten werden die getroffenen Treffer gezählt und wer am genauesten oder am besten trifft geht als Sieger hervor: keine Wertung einer Jury, keine Haltungsnoten, keine Koeffizienten. Nichts ist subjektiv, **also eine immer messbare Leistung.**

Es ist demnach anzunehmen, dass das Ausmaß der Leistung in Zusammenhang mit der eigenen Fähigkeit steht, im Training die Zielscheibe so gut es geht zu treffen. Aber wie viele Bogenschützen jeder Leistungsstärke messen und werten konstant und seriös die eigenen Leistungen während des Trainings aus? Und messen sie diese Leistung auch unter allen reell möglichen Bedingungen? Nur sehr wenige machen das!

Der Großteil der Bogenschützen schießt seine Pfeile während eines Trainings ohne ein logisches Schema während des Schießens und ohne dabei die Ergebnisse zu werten. Auf eine direkte Frage: "Na, wie war dein Training heute?", wird die typische Antwort sein: "Ganz gut, ich habe ungefähr hundert Pfeile geschossen und habe eine Serie auf 70 Meter geschossen,... 306 Ringe...". Was hat aber dieser Schütze in Wirklichkeit während dieses Trainings gemacht? Ist das erreichte Ergebnis geschossen worden, indem er immer Passen á sechs Pfeile geschossen hat, mit sechs Probepfeilen, oder ist es einfach ein Teil einer längeren Serie von Passen gewesen, aus der sechs entnommen wurden? Gab es Wind oder war das Wetter optimal? Wie viele Pfeile waren es doch genau während dieses Trainings? Und was bedeutet „ganz gut geschossen"? In Bezug auf was? Etwa auf das letzte Training, auf das letzte Turnier oder auf die gestellten Erwartungen?

Der Schütze gibt eine ungenaue Antwort und bezieht sich dabei ausschließlich auf eigene meist unbekannte Parameter, während sein Gegenüber die Antwort gemäß seiner Erfahrungswerte, seiner persönlichen Vorstellungen und seines Wissensgrades bewertet.

Und wenn die darauffolgende Frage folgende ist: "Wie viele Ringe denkst du nächste Woche beim Turnier auf 70 Meter zu schießen?", dann teilen sich die Antworten, werden entweder pessimistisch/beschwörend oder optimistisch/ideal; es wird eine Zahl zwischen 250 und 320 genannt werden, ohne irgendeinen Bezug zur reellen Wahrscheinlichkeit.

Wie müsste man die Leistung im Training mit der während eines Turniers messen und einschätzen? Indem immer gezählt wird, indem man immer die eignen Ringzahlen kennt. So oft es geht sollte im Turnier-Rythmus geschossen werden, ohne zusätzliche Pfeile in der Passe. Immer mit Probepfeilen. Es sollte bei jeder Witterung geschossen werden und man sollte niemals weder sich selbst noch die anderen betrügen (typisch wäre der „Joker"-Pfeil, der Pfeil der nicht in der Gruppe war, weil...)

Der Schütze muss immer ein Tagebuch mit all seinen Trainingseinheiten führen, inklusive der genauen Anzahl der geschossenen Pfeile, den Witterungsverhältnissen und einer eventuellen besonderen physischen Verfassung, die das Ergebnis beinflusst haben könnte.

Alle Trainingseinheiten die nicht mit dem Tuning und der Einstellung zusammenhängen müssen Ziel- und Zähleinheiten sein, mit einer möglichst geringen Anzahl an Probepfeilen. Wenn das Training nach einer kompletten Serie auf einer Distanz abgebrochen wurde, dürfen die Probepfeile nicht wiederholt werden, wenn auf der eben geschossenen Distanz weitergemacht wird.

Im Training muss man sich immer selbst in eine ungünstige Lage versetzen können, um besser die Unsicherheiten und Ungewissheiten während eines Turniers nachstellen zu können. Da es aber auch wichtig ist, die Konzentrationsfähigkeit inmitten einer lauten, oft störenden

Umgebung aufbauen zu können, versucht immer dann zu trainieren, wenn andere Schützen neben Euch auf der Linie oder auf dem Platz stehen. Ein Ergebnis während eines „einsamen" Trainings zählt unendlich weniger, als ein Ergebnis, das in einer störenden Umgebung erzielt wurde, mit lauten und chaotischen Schützen die um einen herumstehen.

Wie können wir nun unseren Leistungsstand vor einem Turnier einschätzen? Ganz einfach! Es reicht drei Serien nacheinander zu schießen, mit der kürzesten möglichen Pause dazwischen und dies auf einer Referenz-Distanz. Das Mittel der drei Ergebnisse wird Euch die zu diesem Zeitpunkt reell mögliche Leistung bei einem Turnier aufzeigen. Mit ein wenig angewandter Mathematik und Erfahrung, können wir folgende praktischen kleinen Formeln erhalten (denkt immer daran: nur sechs Probepfeile und das war's!):

Halle: 3 Serien á 30 Pfeile. Das Durchschnittsergebnis pro Pfeil mal 60

FITA im Freien, Damen: 3 Serien á 36 Pfeile auf 50 oder 70 Meter. Das Durschnittsergebnis pro Pfeil mal 144 + 50 Ringe (Frauen schießen keine 90 Meter; die 50 Ringe sind der durchschnittliche Unterschied der Ringzahlen zwischen 90 und 60 Meter)

FITA im Freien, Herren: 3 Serien á 36 Pfeile auf 50 oder 70 Meter. Das Durschnittsergebnis pro Pfeil mal 144

70 Mt. Damen und Herren: 3 Serien á 36 Pfeile. Das Durschnittsergebnis pro Pfeil mal 72

Um Eure Leistung in einer FITA Runde zu ermitteln, solltet Ihr darüber hinaus festhalten, dass die Resultate, die auf 50 und 70 Meter erreichbar sind, immer die gleichen sind, während bei den Herren der Punkteunterschied zwischen 70 und 90 Metern dem zwischen 30 und 50 Metern entsprechen sollte. Sollte diese Gleichung nicht stimmen, ist es ein leichtes Spiel anhand der Resultate der einzelnen Distanzen festzustellen, bei welcher ein möglicher Leistungsverfall stattgefunden hat. Denkt auch daran, Euch im Training immer mit höchster Konzentration und Kontinuität zu messen. Die Ergebnisse im Turnier werden sich dann immer mehr den stets erhofften Ergebnissen annähern.

Bild 104 - Sich Leistung angewöhnen

5.4 Körperliche und Mentale Vorbereitung

(Michele Frangilli)

Oft werde ich gefragt, wie man sich bestmöglich sowohl physisch wie auch mental auf Turniere vorbereitet, speziell auf solche mit einer Direktausscheidung.

Hilft es Gewichte zu stemmen? Soll man versuchen sich Schussfolge und Scheibe zu veranschaulichen? Oder doch Yoga? Ich bin seit über vierzehn Jahren Mitglied eines oder mehrerer Italienischer Kader und ich muss zugeben, dass ich alles gesehen habe oder erleiden musste, mit den unterschiedlichsten, meist fadenscheinigen Begründungen. Ich wäre jedoch nie der geworden, der ich heute bin, wenn ich nicht eine logischen Beurteilung für diese vielen unterschiedlichen Informationen vorgenommen hätte, die mir im Laufe der Jahre von unzähligen Trainern, Coaches, und vielen weiteren aufgedrängt wurden.

Das erste Element, das bezüglich der körperlichen Vorbereitung zu erwägen ist, ist die Tatsache, dass es keine geeigneten Geräte oder Maschinen gibt, mit denen ein Schütze imstande wäre für den Bogensport notwendige, homogene Muskelgruppen gezielt zu entwickeln. Jede Übung, die mit traditionellen Geräten oder Gewichten gemacht wird, ist an und für sich ein Risiko, da sie die für den Bogensport unbeliebten Antagonisten (= Gegenmuskeln) mitarbeiten lässt. **Das einzige mir bekannte Gerät mit dem ein Bogenschütze in dieser Hinsicht trainieren kann, ist.... der Bogen selbst!**

Über Jahre hinweg habe ich diese Theorie verfolgt und habe dadurch oft gegen die „offizielle" Doktrin verstossen. Es ist auf jeden Fall besser einen Bogen mit einer leicht höheren Zugkraft zu benutzen, als jede mir bekannte Übung zur Stärkung der Muskeln mit einem anderen Gerät.

Heute ist diese Theorie von vielen akzeptiert und übernommen worden, und zwar auf jedem Niveau. Nichts ist hingegen einer guten aeroben Vorbereitung zu entgegnen. Ich persönlich muss zugeben das Laufen seit jeher gehasst zu haben; deshalb bin ich meist mit dem Fahrrad unterwegs. Der Unterkörper muss verstärkt und die Beinmuskulatur aufgebaut werden, vor allem wenn Sie mit dem Gedanken spielen, an Feldturnieren teilzunehmen.

Die Planung des Trainings und der diesbezüglichen Belastungs - und Entlastungszyklen hat eine grundlegende Bedeutung in einer korrekten Planung des sportlichen Erfolges. Dennoch will ich hinzufügen, dass der Inhalt einer solchen Planung einzig und allein den Profis vorenthalten ist. Alle anderen, die drei bis viermal in der Woche schießen, sollten einfach... schießen!!

Der Bogensport bedarf einer perfekten Ausführung eines komplexen Bewegungsablaufes, der unzählige Male unter wechselnden Bedingungen zu wiederholen ist. Es ist demnach wichtig, daß alle Sinne aktiviert sind, um externe Faktoren besser wahrnehmen zu können, die in einer sehr kurzen Zeit auf einen einwirken. Zur selben Zeit muss man

Bild 105 - Ein wenig Laufen

Bild 106 - Ein wenig Radfahren

auch imstande sein, reelle Bedürfnisse von „Hintergrundgeräuschen" rauszufiltern. Dazu kommt, dass in Augenblicken mit hohem Stressfaktor gegen den allen bekannten „panischen Effekt" vor und während eines Turniers wirksam angegangen werden muss. Eine logische Folgerung ist also, dass man lernen muss, unter dauernden Störungen zu trainieren, eventuell zusammen mit Freunden oder einem Trainer, der ablenkende Elemente absichtlich in einer Trainingseinheit einfügen kann. Solche Trainingseinheiten bewirken das Erlernen einer sofortigen Selbstkontrolle beim Schützen. Es ist kein Spaß: wenn während einer Trainingseinheit, sogar während des Schusses, einem Athleten ein Witz oder eine lustige Geschichte erzählt wird, ist das ein höchst wirksames Element, um sich eine augenblickliche Wiederaufnahme der Konzentration anzueignen. Die Teilnahme an einem 12 oder 24 Stunden Bogenmarathon - ein atypisches Turnierformat -, mit stundenlanger, lauter Musik und unglaublichem Chaos um einen herum, hilft auch, sich eine bessere Konzentrationsfähigkeit anzutrainieren. Ich habe bereits an Dutzenden solcher Turniere teilgenommen.

Und die Kontrolle der Panik auf der Schießlinie? Hier kann man nicht verallgemeinern. Die Panik vor dem letzten Pfeil oder einfach die Panik, die Scheibe nicht zu treffen, kann einen Schützen auf jedem Niveau treffen. Meist steigt diese exponentiell zum Einsatz und zu den Erwartungen, auch wenn diese nur für sich selbst wahrgenommen werden und nicht der Realität entsprechen.

Mein Vater hat immer an die Vorteile der Entspannungstechniken des Autogenen Trainings geglaubt und hat mich ermutigt mehrere Kurse zu besuchen. Sicherlich sind das Techniken die funktionieren, doch bedarf es viel Zeit um ein Autogenes Training durchzuführen; und wenn ich mit 130 Pulsschlägen in der Minute auf der Linie stehe, mit 40 Sekunden für den nächsten und entscheidenden Schuss, dann habe ich diese Zeit nicht. Es ist also besser sich der mentalen Veranschaulichung der Bilder bereits erreichter Erfolge und positiver Erlebnisse zu bedienen. Weit weg sollen die Bilder des eigenen Schussablaufes sein, den man in den nächsten Sekunden zu tätigen hat. Der Pulsschlag wird nicht geringer sein, aber es werden verinnerlichte Automatismen einsetzen, die es einem erlauben einen guten und korrekt ausgeführten Schuss durchzuführen. Ich schließe nicht aus, dass es andere Konzentrationstechniken gibt, wie zum Beispiel auch die Hypnose: aber diese können meist nicht ohne größeren Aufwand betrieben werden und sind keine für jeden tragbare Lösung.

Zuletzt ein Hinweis betreffend der Aktivierung, und zwar dem Zusammenhang zwischen positiven und negativen Faktoren mentaler und physischer Natur auf der Schießlinie. Ich glaube, dass diesem Element in der Vergangenheit viel zu viel Achtung geschenkt wurde. Als man zum Beispiel versucht hat festzustellen, in welchem Zusammenhang die überhöhten Herzfrequenzen von Schützen auf der Schießlinie mit dem geschossenen Ergebnis standen, beziehungsweise als versucht wurde festzustellen, welches die beste Herzfrequenz für das bestmögliche Resultat wäre. Mir ist nicht bekannt, dass jemand unwiderlegbar den Zusammenhang zwischen „Herzfrequenz X" und „Hochleistung Y" aufzeigen konnte. Alle konnten aber beweisen, dass ein höherer Pulsschlag eine niedrigere Leistung, eine niedrigere Konzentrationsfähigkeit und demzufolge einen Leistungsverfall hervorruft.

Kann der Beistand eines guten Psychologen dazu beitragen die Leistung zu verbessern? Sicherlich ja, aber nur wenn dieser direkte Erfahrung mit Bogensportturnieren gesammelt hat. Da die Unterstützung eines Psychologen nur wenigen vorenthalten ist, muss Euer persönlicher Trainer sich dieses Thema zu Herzen legen. Fühlt Euch deshalb nicht benachteiligt. Ein sehr bekannter ukrainischer Coach behauptete, dass ein Trainer der einzige Psychologe sei, der einem Schützen Nutzen bringen kann. Ich muss sagen, dass ich mit dieser Aussage im Großen und Ganzen einverstanden bin.

Sechster Teil

WETTKÄMPFE, WARUM?

(Vittorio Frangilli)

Bild 107 - Scheiben bei einer 900er Runde

Die Evolution der Regeln für Turniere und Wettkämpfe im Freien ist Teil der Geschichte der FITA und nicht ein Argument, das ich in diesem Kapitel erörtern will. Wenn Sie die Regeln der einzelnen offiziellen FITA Wettkämpfe in Erfahrung bringen möchten, können Sie ganz einfach die offizielle Dokumentation der FITA oder Ihres Nationalen Verbandes nachschlagen. Hier hingegen wollen wir über die Annäherung an das Scheibenschießen im Freien sprechen und die Auswahl der Turnierart, um eine optimale Selbstverwaltung während des Turnieres zu erlernen. Argumente, die leider oft und gerne vernachlässigt werden. Die FITA Scheibenwettkämpfe im Freien haben sich im Laufe der Jahre vervielfacht. Im offiziellen Terminkalender der FITARCO (dem Italienischen Dachverband für die Olympischen Bogenschützen) sind folgende Wettkampfarten vertreten:

- Doppel FITA

- FITA

- FITA mit Olympic Round

- FITA 72

- FITA 72 mit Olympic Round

- 70 Meter Round

- 70 Meter Round mit Olympic Round

- 900 Round

- 50 Meter Match Round

- Die Wettkämpfe für die Jugendspiele

Es ist klar, dass die eben angeführten Wettkämpfe nicht alle auf derselben Ebene eingestuft werden können, vielmehr sollten diese einzeln betrachtet werden, und zwar in Bezug auf die spezifischen Ziele die mit der Teilnahme bezweckt werden, wie zum Beispiel welchen technischen und/oder physischen Vorbereitungsgrad der teilnehmende Schützen erreicht hat.

Denn das eine ist 72 Pfeile an einem Tag zu schießen, etwas anderes hingegen 90 oder gar 144. Ganz zu Schweigen von einer Doppel FITA in zwei Tagen á 144 Pfeilen, eventuell sogar mit schlechter Witterung. Es kann auch kein Wettkampf mit höchstens 60 Metern in einem 900er Round mit einem Wettkampf auf 90 Metern verglichen werden.

Es liegt auf der Hand, daß die gute Entwicklung eines Bogenschützen in Bezug auf seine Wettkampfvorbereitung definitiv durch eine umsichtige Auswahl der zu schießenden Wettkämpfe geplant werden muss, und nicht der reinen Improvisation und dem Zufall überlassen werden kann.

Steckt der Schütze in einer Entwicklungsphase, in der er gerade begonnen hat im Freien zu schießen, müssen wir davon absehen, ihm Turniere nahe zu legen, die weit entfernt von seinen momentanen Möglichkeiten liegen.

Der erste Wettkampf im Freien sollte deshalb eine nicht sehr anspruchsvolle Runde, wie ein 900er Round oder ein 50 Meter Match Round sein. Maximal 90 Pfeile, keine langen Entfernungen, 122cm Scheibenauflagen, machen aus diesen Turnieren eine Art

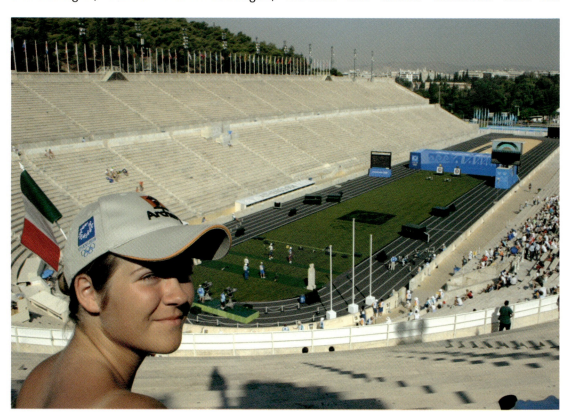

Bild 108 - Olympischen Spiele in Athen 2004 - 70 Mt. Round und Olympic Round

„Hallenturnier im Freien", ideal für Anfänger jeder Altersklasse.

Wenn ein Schütze bereits vollkommen entwickelt ist (und dies unabhängig von seinem Alter), sollte er zweifelsohne eine FITA Runde schießen (144 Pfeile), die die technische Vorbereitung eines jeden Schützen vervollständigen kann.

Ein gesondertes Thema ist die 70 Meter Runde. Sie wurde als Rangliste für die Olympischen Spiele erdacht, hat sich jedoch als Ausscheidungswettkampf für die Qualifikation eines Olympic Round durchsetzen können und ist heute immer wieder als eigenständiges Turnier im Terminkalender zu finden. Es werden 72 Pfeile geschossen und dabei gezählt. Man muß keine Scheiben verstellen. Was gibt es denn Besseres?

Die 70 Meter Runde bleibt dennoch ein Turnier, das ausschließlich auf langen Entfernungen geschossen wird, für die Frauen sogar auf deren längsten Entfernung, und ist deshalb bei den Schützen nicht übermäßig beliebt ist. Diese Wettkampfart neigt dazu, die eigentlichen Schwierigkeiten zu minimieren, die in den anderen Wettkampfarten gegeben sind, wie zum Beispiel sich ändernde Entfernungen und demzufolge Änderungen der Schussposition. Wegen ihrer Schwierigkeiten und wenig fördernden Art, spielt sie deshalb auf der ganzen Welt nur eine untergeordnete Rolle. Die 70 Meter Runde ist zu schießen, wenn es erforderlich ist. Sicherlich nicht, wenn noch an der Konsolidierung der eigenen Technik und Form zu arbeiten ist.

Kommen wir nun zur Olympischen Runde (Olympic Round), der sogenannten „direkten Ausscheidungen".

Im Freien wird sie auf 70 Meter ausgetragen und ist deshalb wie bereits erwähnt nicht als ein leichter Wettkampf einzustufen. Wird die Olympische Runde überdies von einem Schützen mit einer nicht besonders stabilen Technik angegangen, werden die Ergebnisse nur dem Zufall überlassen sein. Der „Unterhaltungsfaktor" einer direkten Ausscheidung wird oft zu sehr überbewertet. Das mittlere Endergebnis nach 18 Pfeilen bei einer nicht ausgereiften Technik oder Vorbereitung wird extrem unterschiedlich sein und genauso unterschiedlich wird das Ergebnis der direkten Ausscheidung sein. Eine Enttäuschung durch einen Ringzahlunterschied bei einer direkten Ausscheidung bringt dem Schützen technisch gesehen nichts, kann ihn geradezu entmutigen seine Anstrengungen fortzuführen. Noch schlimmer ist ein „zufälliger" Sieg, durch einige über seinen Möglichkeiten geschossenen Passen. Dadurch kann der Schütze zum Schluß kommen, dass er bereits am Ende seiner Entwicklung angekommen sei. Der Ratschlag ist deshalb, eine Olympische Runde nur dann anzugehen, wenn ein Schütze physisch ausgereift ist und er seine technischen und mentalen Stärken ausreichend steuern kann. Zusammenfassend ist zu sagen, dass es sicherlich besser ist, wenn der Trainer den Reifegrad des Schützen wertet und ihm zur Teilnahme jener Wettkampfarten rät, die am besten zu seinem aktuellen Entwicklungsstadium passen.

6.2 Die Hallenwettkämpfe

(Vittorio Frangilli)

Die Hallenwettkämpfe (Indoor) spielen im Leben eines Bogenschützen eine viel zu wichtige Rolle, **da sie leider - zumindest in Italien - über 6 Monate des Terminkalenders einnehmen.** Überdies ist die Hallensaison von den oft sehr limitierten Nutzungszeiten der Hallen geprägt. Deshalb schießen viele Schützen jede Woche ein Turnier, um das wöchentliche Training ein wenig zu intensivieren. Hinzu kommt, dass wir im Winter sehr viele Turnierneulinge zählen, die in den Herbstkursen - nach Ihrem Badeurlaub - dem Bogensport verfallen sind, wie auch Schützen, die es vorziehen nur im Winter und in der Halle zu schießen.

Für den Turnierschützen müssen die Wintermonate dazu dienen, technische Fehler, die sich im Laufe der Freiluftsaison eingeschlichen haben, zu beseitigen. Überdies sollten die Muskeln gestärkt werden und die Konzentrationsfähigkeit verbessert werden. Im Winter versucht man den Bogen „hochzuschrauben" und hofft diesen dann beherrschen zu lernen. In der Halle versucht man sich die Feinheiten der perfekten Schussfolge anzueignen, da man von perfekten und beständigen Witterungsverhältnissen ausgehen muss. Schlußendlich sucht man in der Halle nach jener Konzentrationsfähigkeit, die es einem erlauben wird, die Elf Punkte immer wieder in gleicher Weise durchführen zu können.

Der Turnierkalender im Winter weist - zumindest in Italien - nicht so viele Turniere auf wie im Freien. Folgende Turnierarten sind vertreten:

- Doppel Hallenrunde auf 25 und 18 Meter

- Hallenrunde auf 25 Meter

- Hallenrunde auf 18 Meter

- Hallenrunde auf 18 Meter mit Match Round

Es gibt auch immer wieder atypische Turniere wie die 12 oder 24 Stunden Turniere, die oft wahre Volksfeste werden.

Die meisten Hallenwettkämpfe werden aber definitiv auf 18 Meter geschossen - meist wegen der unzureichenden Hallenlängen - so dass sich ein Schütze sechs Monate im Jahr damit abfinden muss, auf ein und derselben Scheibenart und Distanz zu schießen. Außer er versucht seine winterlichen Trainingseinheiten und Turniere gewissenhaft zu planen und zu gestalten.

Es ist eindeutig: die 18 Meter sind ein „notwendiges Übel". Ein Mittel zum Zweck, sicherlich nicht das Ziel der Entwicklung eines Schützen.

Auf einer so kurzen Entfernung spürt man einen gemachten Fehler kaum und der Fehler selbst wird kaum ausreichend als schlechtes Ergebnis auf der Zielscheibe verstärkt, so dass der Schütze ohne geeignetes Feedback im Glauben lebt, alles richtig zu machen. Wie viele sehen in einer schönen, vollen Neun auf 18 Meter auf einer 40er Auflage einen schweren Fehler? Fast niemand! Doch eine solche Neun auf 18 Meter auf einer 40er Auflage hat eine lineare Entwicklung, je weiter die Scheibe vom Schützen entfernt ist und demzufolge auch eine optische Verstärkung des Fehlers: derselbe Pfeil, mit demselben Fehler, eventuell von einer leichten Brise getragen, wird sicherlich auf 70 Meter nicht mehr im Bereich des Roten zu finden sein!

Lasst uns also auf 18 Meter schießen - es bleibt uns ja kaum eine andere Wahl -, aber lasst uns unsere Trainingseinheiten immer unterschiedlich angehen. Wenn möglich so oft es geht auf 25 Metern oder mehr. Idealerweise sollten wir auf 25 Meter sogar die 40er Auflage benutzen, um eine besseres Gefühl für Fehler zu erreichen.

Ein Marathonturnier von 12 oder 24 Stunden wird ebenso eine willkommene Alternative zum Alltag sein. Wichtig ist dabei die Erkenntnis, dass eine korrekte Technik und das Training derselben vorrangig sein müssen, um negativen Effekten vorzubeugen.

Bild 109 - Hallenturnier auf 25 Mt.

Nehmen wir uns einfach zu Herzen, Korrekturen an der Schusstechnik vorzunehmen, neues Material zu testen, um dies in den sonntäglichen Turnieren bestmöglich einzubringen. All das umrahmt von der propädeutischen Zielsetzung einer verbesserten Technik und eines gestärkten Körpers, um sich für die „wichtigen" Turniere bestmöglich vorzubereiten: die Turniere im Freien!

6.3   Warum Feldbogenschießen

(Michele Frangilli)

Ich war gerade mal 11 Jahre alt, als mich mein Vater das erste Mal zu einem Feldturnier anmeldete, obwohl das Mindestalter damals 12 Jahre betrug und er mein Geburtsdatum falsch angeben musste (!!!). Es war damals Schützen unter zwölf Jahren verboten Feldturniere mitzuschießen oder in höhere Klassen teilzunehmen. Als Zwölfjähriger in der Schülerklasse nahm ich dann an meinem ersten offiziellen Feldturnier teil, bei dem noch 28 plus 28 Scheiben auf einem Rundkurs geschossen wurden, mit 4 Pfeilen pro Scheibe auf die berühmten weiss-schwarzen Auflagen in der unbekannten Jagdrunde beziehungsweise schwarz-weiss-schwarzen in der bekannten Feldrunde: ich hatte einen Riesenspaß!
Dieser Spaß wurde ein Jahr später getrübt, als ich in Ardesio - einem landesweit berüchtigten Kurs - bei strömendem Regen auf Scheibe 14 (der entferntesten!!) das Turnier beendete und über eine Stunde brauchte, um wieder am Ausgangspunkt zu gelangen,... wir waren die letzten! Und ich schwörte mir, nie wieder ein Feldturnier mitzuschießen!!! Aber wie so oft kam alles anders. Nach sechs Teilnahmen an Weltmeisterschaften, davon zwei Mal mit einer Goldmedaille und einmal mit einer Silbermedaille, nach zwei World Games, mit einer Goldmedaille

Bild 110 - Michele Frangilli
Feldturnier 1989

2005 und einer Silbermedaille 2001, und zwei Europameisterschaften, mit einer Goldmedaille 1999, und nach unzähligen Titeln bei Italienmeisterschaften kann ich nur eines behaupten: ich habe unheimlichen Spaß an jedem Feldturnier an dem ich teilnehme (leider schieße ich davon viel zu wenige).

An einem schönen, sonnigen Tag auf einem anstrengenden Parcour zu schießen, meist in einer unglaublichen Naturkulisse, voll konzentriert aber dann auch oft in geselligem Beisammensein mit den anderen Schützen deiner Gruppe... es gibt nichts Schöneres im Bogensport!!! Kurz zusammengefasst: Feldschießen macht Spaß und ich glaube, daß all jene die an Feldturnieren teilnehmen, dies ohne Probleme zugeben werden.

Weshalb gibt es denn nur wenige Top-Schützen, die sich in dieser Disziplin versuchen? Weshalb halten viele Trainer (speziell in Deutschland) ihre Schützen davon ab, an Feldturnieren teilzunehmen? Glauben sie etwa es sei gefährlich für die Schusstechnik?

Ich denke es ist an der Zeit offen über dieses Problem zu reden. Ein Problem welches bestimmte Nationalmannschaften davon abhält, die besten Schützen an große Events teilnehmen zu lassen.

Versuchen wir demnach einige Vorurteile aus dem Weg zu schaffen...

"Feldturniere sind nur was für Spezialisten"

Nun ja, es ist eindeutig, dass ein Schütze der sich auf ein bestimmtes Turnierformat spezialisiert hat, dort auch bessere Ergebnisse schießt, als jemand, der sich nicht so damit abgibt. Es ist aber ebenso eindeutig zu beweisen, dass ein Schütze mit einem hohen Niveau, der noch nie Feld geschossen hat, sehr schnell minderbemittelte Schützen übertrumpfen kann. Ein Beispiel vielleicht? Die Engländerin Alison Williamson wurde 1999 bei der Europameisterschaft Dritte... und es war das erste Internationale Feldturnier für sie!!!... sie ist aber seit über einem Jahrzehnt eine der besten europäischen Schützinnen, und sammelte unzählige Medaillen bei internationalen Wettkämpfen, unter anderem eine Silbermedaille bei der Weltmeisterschaft in Riom 1999 und eine Bronzemedaille bei den Olympischen Spielen von Athen.

Bild 111 - Carla Frangilli - Italienmeisterschaft Feld 2005

"Das Feldschießen verdirbt die korrekte Haltung"

Natürlich, wenn die Eigenkontrolle der Haltung nicht angemessen antrainiert ist, kann dies das Feldschießen verstärken. Wenn aber die extremen Haltungsunterschiede während einer Feldrunde dazu dienen, die Haltung zu korrigieren und immer wieder zu analysieren und zu fühlen, dann wird man auch besser in anderen Turnierformaten damit umgehen können.

"Feldturniere sind nichts für Top-Bogenschützen"

Nun ja, ich schreibe hier nur mal einige Namen auf,... den Rest könnt Ihr Euch ja denken: Darrel Pace, Jay Barrs, Rick McKinney, Goran Bjerendal, Andrea Parenti, Giancarlo Ferrari, Sante Spigarelli, Ilario Di Buò, Jenny Sjöwall und einige deutschen Schützen wie Sebastian Rohrberg, Harry Wittig und viele mehr...

"Man kann in derselben Saison nicht in unterschiedlichen Turnierarten glänzen"

1996 gewann Andrea Parenti seinen dritten Weltmeistertitel im Feldschießen, ich wurde Fünfter. Einen Monat später haben wir zusammen mit Matteo Bisiani bei den Olympischen Spielen in Atlanta Bronze mit der Mannschaft geholt. 1999 gelangen mir innerhalb von zehn Tagen (!) ein Dritter Platz beim Europa Grand Prix in Polen und der Europameistertitel im Feldbogenschießen. Vier Wochen später wurde ich Weltmeister bei der FITA im Freien in Riom (zusammen mit Matteo Bisiani und Ilario di Buò). 2000 habe ich die Feld Weltmeisterschaft in Cortina gewonnen und in Sydney, immer mit Matteo und Ilario, Silber bei den Olympischen Spielen von Sydney. 2002 habe ich im Juli die Europameisterschaft FITA im Freien in Oulu, Finnland, gewonnen und nur 6 Wochen später die Feld Weltmeisterschaft in Canberra, Australien. Und "last-but-not-least" habe ich 2005 den Grand Prix in Bulgarien gewonnen und nicht einmal eine Woche später Gold bei den World Games in Duisburg... reicht das als Antwort???

"Feldschießen lässt die Konzentrationsfähigkeit sinken"

Vielleicht gilt dies wenn man Serien von Pfeilen miteinander vergleichen will,... aber wie gut wird die Konzentrationsfähigkeit trainiert, wenn man sich unter Anstrengung von Scheibe zu Scheibe bewegen muss und jede der Scheiben hoch konzentriert angehen muss...

Weshalb soll ich denn Feldturniere schießen?

Ich muss dies mit aller Offenheit sagen: alle sollten Feldturniere schießen, um eine endgültige Verfeinerung der eigenen Gefühle während des Schießens zu erlangen und sich von den Zwängen und der Langeweile zu entziehen, die durch das relativ monotone Schießen bei FITA Turnieren im Freien generiert wird. Wenn ich hier die Stimme anderer anführen soll, dann ist zu sagen, daß das Hallenschießen die Grundschule ist, die 900er Runde die Hauptschule, die FITA Runde

Bild 112 - Duisburg - Deutschland - World Games 2005

das Gymnasium, das Feldschießen zweifelsohne die Hochschule. Denn nur durch das Feldschießen, kann ein Schütze von sich behaupten, sein technisches Repertoir voll ausschöpfen zu können. Wer dies nicht macht, sieht nicht die schönere Seite unserer Bogensportwelt!

138

Siebter Teil

DER REST

Fragen und (nicht immer) gewöhnliche Antworten

Vittorio & Michele Frangilli

1) Wie kann man sich auf die Freiluftsaison in einer normalen Halle vorbereiten?

Eine vernünftige Lösung um sich während der Hallensaison für die Freiluftsaison vorzubereiten ist auf 25 Meter auf einer 40er Auflage zu schießen, die so weit wie möglich auf der Zielscheibe nach oben gehängt wird (die Mitte der Auflage auf ca. 170cm). Nachdem ich dieses System schon seit Jahren verwende, kann ich bestätigen, dass die Ergebnisse mit denen zu vergleichen sind, die ich auf 50 und 70 Metern schieße; überdies ist das Empfinden während der Zielphase dasselbe.

(MF)

2) Die Pfeile fallen beim Lösen der Sehne von der Pfeilauflage. Soll ich einen Fingertrenner am Tab (Fingerschutz) benutzen?

Ich bin von Grund auf gegen einen Fingertrenner und bevorzuge eine „häretische" Lösung für ein solches Problem: die Finger zu einem Kontakt zwingen und so eine konstante Positionierung auf der Sehne erreichen (und somit viele weitere Probleme für die Finger selbst zu verhindern). Um möglichen Problemen zwischen Finger und Pfeilschaft vorzubeugen, ist eine Lösung wie bei einem Wilson-Tab erforderlich. Generell wird der Fingertrenner nur denen empfohlen, die Probleme beim Lösen haben und bei denen klar ersichtlich ist, dass der Pfeil von der Pfeilauflage fällt, nachdem er durch den Klicker

Bild 113 - Wilson - Black Widow Tab

gezogen wurde. Dies wird durch den Kontakt des Mittelfingers mit der Unterseite der Nocke hervorgerufen, da die Hand während des Lösens dem Pfeil eine Torsionsphase vermittelt. In Wirklichkeit wird dieser Fehler aber nur durch ein „Überziehen" der Sehne (etwa durch einen zu langen Pfeil?) hervorgerufen: die Lösung wird erreicht, wenn man imstande ist, den Finger vom Pfeil weit genug weg zu positionieren und zu halten. Dies geschieht leider in der Praxis nicht all zu oft und somit behält man meist den Fehler und eignet sich ungewollt weitere Fehlhaltungen an.
Seit einigen Jahren habe ich gelernt, dieses Problem zu behandeln, indem der Schütze im Training den Bogen komplett ausziehen und ankern soll, ohne Klicker, und darauf achtet einen tieferen Sehnengriff als üblich zu benutzen. Somit erfährt er selbst sehr schnell, was er zu tun hat, um den Pfeil nicht von der Pfeilauflage zu heben. Nach nicht allzu langer Zeit wird das Problem gelöst sein und der Fingertrenner wird nie wieder nötig sein. Meine „häretische" Theorie über die richtige Positionierung der Finger auf der Sehne ist folgende: Oberseite der Nocke mit dem Zeigefinger berühren, Mittelfinger hingegen von der Unterseite fernhalten. Nach dem Ausziehen der Sehne werden die Finger trotzdem beide mit dem Pfeil in Kontakt gebracht. Ihr werdet auch sehr schnell merken, wie dadurch die vertikale Streuung Eurer Gruppe rasch abnehmen wird. (VF)

3) Der Unbefiederte verhält sich oft unregelmäßig und die Pfeile scheinen immer zu weich oder zu steif zu sein. Warum?

Wenn die Ausrichtung der Rückenmuskulatur nicht perfekt ist, tendiert man dazu, den Bogenarm im Winkel zur Schulter zu halten. Es ist einer der häufigsten Fehler, der in fast allen Bogensportfibeln erwähnt wird, auch in denen für Anfänger. Nun, was geschieht wenn der Klicker „klickt" und der Pfeil losgelassen wird? Davon wie nachhaltig man den Druck am Bogenarm hält, wird er immer (bei einem Rechtshänder) nach rechts ausbrechen, oft fast unmerklich. Dieser Effekt wird hingegen vom unbefiederten Pfeil heruntergespielt, so daß dieser sich wie ein zu steifer Pfeil verhält. Was tut man dann? Folgendes Szenario: Als erstes wird der Plunger extrem weich gemacht, um zu versuchen, den Unbefiederten wieder in die Gruppe zu bringen. Dann wird man den Plunger härter machen, doch immer ohne Erfolg. Im Anschluss wird man die anderen Parameter verändern, bis man sich dazu hinreißen lässt neue, weichere Pfeile zu kaufen oder - noch schlimmer - den Center-Shot zu verändern Der Plunger ist fast blockiert und trotzdem können die Pfeile dazu neigen rechts einzuschlagen. Der Unbefiederte wird sich, abhängig von seiner Center-Shot-Position und vom Nachlassen des Druckes am Bogenarm, unkontrolliert rechts oder links befinden. Deshalb scheinen, bei fast blockiertem Plunger, die Pfeile viel zu weich zu sein und würden einem Nahe legen, steifere zu kaufen. Einem Schützen meines Vereines kann ich ohne Probleme den unbefiederten Pfeil links oder rechts von der Gruppe zum Einschlagen bringen, nur indem ich die Stellung der Bogenschulter und die Ausrichtung des Körpers verändere.

Der Unbefiederte verliert so seine ganze Aussagekraft, wenn man sich nicht bewusst ist, in welcher Verfassung der Schütze in jenem Augenblick ist. Da sich die Schießposition dauernd verändern wird, wird man nicht sagen können, ob die Einstellung des Bogens stimmt. Deshalb sind Schießtechnik des Schützen und sein Material das Erste, was man kontrollieren sollte, wenn man die unbefiederten Pfeile korrekt „lesen" will.

Es ist irgendwie logisch, dass am Höhepunkt der Verwirrung der Unbefiederte sogar in der Gruppe landen kann - egal ob nun der Pfeil zu weich oder zu steif ist. Dies ist nicht die Folge einer „stabilen" Situation oder eines „abgestimmten" Bogens, demnach wird die Gruppe meistens sehr schlecht sein.

(VF)

4) Wofür gibt es bei modernen Bögen ein zweites Loch für den Plunger?

Sicherlich ist dieses Loch nicht da, um komplizierte Pfeilauflagen auf der Aussenseite des Mittelteils zu befestigen. Das vordere Loch dient dazu, das Tuning zu verbessern, wenn ein Pfeil zu steif oder zu lang ist, da dadurch der vordere Durchbiegungspunkt des Pfeiles näher an die Spitze geführt wird.

Der Pfeil bewegt sich schlingernd aus dem Bogenfenster und nur zwei Punkte sollen immer auf einer Ebene sein und diese sollen sich nicht bewegen: die Knotenpunkte, um die sich der vordere, der mittlere und der hintere Teil des Pfeiles winden bzw. biegen. Wenn die erste Biegung, jene die den Druck auf den Plunger ausübt, zu weit weg vom vorderen Knotenpunkt erfolgt, wird der Pfeil von Natur aus instabil aus dem Bogenfenster fliegen. Die einzige Möglichkeit, den vorderen Knoten zu verschieben ist das Pfeilende steifer zu machen (z.B. durch den Einsatz von einer zusammengesetzten Spitze - Insert und Schraubspitze - anstatt einer Break-Off-Spitze); aber immer mit einigen Beschränkungen. Deshalb sollte immer darauf geachtet werden, den Pfeil

Bild 114 - Langer Pfeil, Plunger in der vorderen Bohrung

nicht so lange zu lassen, dass er über das Bogenfenster rausschaut, wenn man versuchen will den vorderen Knoten dort zu haben, wo er sein soll. Vergrößert man den Abstand zwischen der Nocke und den Anfangspunkt der Durchbiegung, vergrößert man auch den Teil des Pfeiles, der von der Durchbiegung betroffen ist: somit reagiert der Pfeil weicher.

(MF)

5) Kann der Streifschutz während des Schießens zu einem Problem werden?

Der Streifschutz ist unersetzlich für all jene, die während des Schießens eine Berührung der Sehne mit dem Brustkorb haben: und dies trifft auf 100% der Frauen und 90% der Männer zu.

Alle benutzen ihn, aber fast niemand weiß, wie viel der Brustschutz den Schuß beeinflusst. Zum einen wegen der Beschaffenheit seiner Oberfläche, zum anderen wegen der Elastizität des Materials, sowie der Positionierung am Körper. Das sind alles sehr wichtige Komponenten für die einwandfreie Durchführung des Schusses. Logischerweise gilt dies nur, wenn die Sehne mit dem Streifschutz in Berührung kommt. Wenn alle Komponenten in Ordnung sind, also alles korrekt funktioniert, dann nimmt der Streifschutz keinen Einfluß auf den Schuß. Wenn aber irgendetwas sich negativ auswirkt, wird sich dies logarithmisch und indirekt proportional zur Zugkraft vergrößern. Daher die absolute Notwendigkeit auch den Streifschutz optimal anzupassen, jedes Zerknittern zu vermeiden, jede Falte und jede Unebenheit auf der Oberfläche zu glätten. Blickt doch einmal auf die koreanischen Schützinnen, zum Beispiel Park, die Siegerin der Olympischen Spiele in Athen: Sie hatte ein Stück glatten Kunststoff als Streifschutz mit einem aufgeklebten gelben Bär. Glaubt mir, das hat sie nicht nur aus ästhetischen Gründen gemacht. Bis vor wenigen Jahren hatte ich immer einen Aufkleber des Italienischen Bogensportverbandes auf meinem Brustschutz kleben,…und alle dachten es sein eine ästhetische Marotte von mir. Ich habe lange gebraucht, bis ich den Streifschutz gefunden habe, der es mir erlaubt, ohne Aufkleber zu schießen.

(MF)

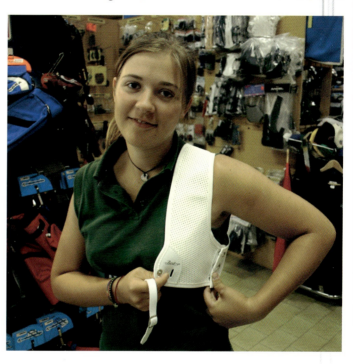

Bild 115 - Der Brustschutz soll mit Sorgfalt ausgesucht und angepasst werden

6) Welche Fingerschlinge benutzen?

Es gibt drei Arten von Fingerschlingen:
Bogenschlinge: wenig benutzt, wird auf dem Bogen befestigt, der Bogen löst sich gut von der Hand, kann aber nur auf dem

Bild 116 - Fingerschlinge

143

Bild 117 - Bogenschlinge

einen Bogen verwendet werden. Fingerschlinge: nicht nur von den Koreanern benutzt, sondern von sehr vielen anderen. Erlaubt eine gute Positionierung der Bogenhand. Kann aber leicht zu einer Versteifung der Finger führen, aus der unbewussten Angst heraus, dass die Schlinge sich von den Fingern lösen könnte. Nicht meine bevorzugte, aber nützlich für all jene, die ein Problem mit der Positionierung der Bogenhand haben. Schlinge am Handgelenk: absolut die beste und auch die, die ich benutze. Gestattet eine absolute Freiheit der Bogenhand und des Gelenkes, ohne irgendwelche Zwänge. Darf nicht zu eng sein, weder am Gelenk noch am Bogen. Der Bogen muss sich nach dem Schuß fast ganz von der Hand lösen können, bis zu den Fingerspitzen. (VF)

7) Muss man das Visier oder die Zielscheibe scharf sehen? Beide Augen offen lassen oder ein Auge schließen (obwohl ein dominantes Auge festgelegt ist)?

Das Visier sollte so weit wie möglich vom Auge gehalten werden, abhängig von der Entfernung auf der man gerade schießt (denn je weiter die Zielscheibe, desto tiefer ist die Visiereinstellung) Diese größtmögliche Distanz zum Auge erlaubt es sowohl das Visier wie auch die Zielscheibe zu fokussieren, auch wenn wenig Licht vorhanden ist. Die offenen Augen geben eine besseres räumliches Sehen und die Gesichtszüge sind weniger angespannt. Jedoch kann das dominante Auge bei schlechten Sichtverhältnissen von zu viel

Bild 118 - Fokussieren des Visiers

Licht beeinflusst werden. Zu viel Licht welches das andere Auge aufnimmt kann die Festlegung der Position der Sehne erschweren: deshalb ist es besser ein Auge zu schließen. Grundsätzlich soll man eher das Visier scharf sehen als die Zielscheibe.

(MF)

8) Bedarf es für den Bogensport eines geeigneten Schuhwerks?

Für die Durchführung des Schusses bedarf es sicherlich einer guten Auflage am Boden, während eine gute Haltung eine leichte Neigung des Fußes braucht, entweder einen leichten Absatz oder eine leichte Erhöhung der Ferse.

Deshalb keine Schuhe mit flachen Sohlen und/oder flachem Fußbett, keine Schuhe mit weichem Innenleben oder „gefederte" Fußbetten oder Absätzen. Es scheint ein kleiner, nichtssagender Punkt zu sein, doch auch ein guter Schuß wird von den grundlegenden Dingen aus vorbereitet, und die meisten auf dem Markt erhältlichen Turnschuhe sind gar nicht für das Bogenschießen geeignet. Testet so viele verschiedene Modelle wie nur möglich, bevor Ihr Euch festlegt, indem Ihr die Schießfolge durchgeht und das Gewicht von einem auf den anderen Fuß verlagert; sobald Ihr den Schuh findet, der Euch den höchsten Komfort und die beste Stabilität bietet, kauft ihn und achtet nicht auf Mode und Ästhetik.

(MF)

9) Was soll ich denn anziehen wenn es regnet?

Die beste Lösung für dieses Problem besteht aus:
1) Wasserundurchlässige Überhosen, am besten aus Gore-Tex.
2) Absolut wasserabweisendes, sehr leichtes K-Way aus Gore-Tex; darüber einen leichten aber anliegenden Pullover, der den bestmöglichen Kontakt mit der Brust ermöglicht.
3) Wasserabweisender Hut, Typ Seemann oder Feuerwehrmann, mit Nackenschutz.
4) Wasserundurchlässige Überschuhe, die leicht wieder ausgezogen werden können (da ja ab und an auch mit Sonne gerechnet werden kann...)
Und vergesst nicht einen guten Schirm, für die weiten Wege zur und von der Scheibe!

(VF)

10) Weshalb brauche ich nach der Pause einige Zeit um wieder richtig zu „funktionieren"?

Wenn man sich richtig aufgewärmt hat und dieses Problem weiterhin besteht, dann hängt dies meist mit der Einnahme einer nicht passenden Nahrung während der Pause zusammen. Reich gefüllte Sandwiches und Mischungen unterschiedlicher schwer verdaulichen Speisen, führen ungefähr eine Stunde nach der Einnahme zu einem sehr schlechten Ergebnis, mit einer fortwährenden Abnahme der Energiezufuhr zu den Muskeln. Esst nur leichte Speisen die schnell vom Körper aufgenommen werden können, trinkt gesüßte Getränke und Ihr werden sehen, daß sich dieses Problem sicherlich verringern wird.

(VF)

11) Welches ist der ideale Plungerstift? Soll er leicht oder schwer sein?

Beim Lösen bewegt sich der Pfeil immer zuerst gegen den Plunger und dieser reagiert abhängig von der eingestellten Federhärte und der Masse des Pins. Wenn der Pin schwer ist, wird die Reaktion sicherlich langsamer sein, da die entsprechende Feder nicht genug Widerstand haben wird. Man kann sagen, dass ein schwerer (metallener) Pin nur bei einer weichen Einstellung akzeptabel sein könnte, wenn die Feder sehr leicht gestellt ist. Dies ist aber keine gute Grundlage für eine gute Einstellung.

(VF)

12) Insert Nocken haben ein wenig Spiel im Schaft. Wie soll ich sie befestigen?

Denkt nicht mal im Traum daran einen Kleber zu verwenden! Ein wenig dünnes Teflonband, wie es der Flaschner benutzt, über das Ende der Nocke gestreift, löst das Problem nachhaltig und auf einfachster Weise.　　(VF)

13) Welches ist das beste Material für die Mittelwicklung der Sehne?

Bild 119 - Wicklungen aus Monofilament und Fast Flight

Der geringste Widerstand auf dem Fingerschutz und die geringste Variabilität bei einem Wechsel der atmosphärischen Gegebenheiten (speziell bei Regen) ist durch ein Monofilament aus Nylon gegeben. Aufgepasst! Denn dieses kann sehr schnell reissen, speziell bei einem beliebten Kontaktpunkt, wie auf der Höhe des Armschutzes. Ich wickle meine Mittelwicklung aus Nylon im Bereich des Fingerschutzes, und wechsle dann für den unteren Abschnitt zu einem widerstandsfähigeren Material, wie zum Beispiel Fast-Flight oder ähnliches. (MF)

14) Kann ich Karbonpfeile mit einem Silikonspray behandeln?

Einige Hersteller von Karbon- und Aluminium/Karbonpfeilen raten davon ab, da die Lösungsmittel, die solche Sprays enthalten, sich eventuell bis zum Kleber durchfressen könnten, der die Kohlefasern zusammenhält und schwächt somit den Verbund und die Struktur der einzelnen Fasern. Mein Tipp: einfach neutrale Seife verwenden.

(MF)

15) Ist eine hohe oder eine flache Griffschale zu bevorzugen?

Es gibt einen direkten Zusammenhang zwischen der Höhe (dem Winkel) der Griffschale und den unterschiedlichen Positionen der Schulter der Bogenhand. Ein nicht korrektes Zusammenspiel dieser Faktoren kann zu Fehler während des Schusses führen.
Einfach gesagt: niedere Griffschale = niedere Schulter, hohe Griffschale = hohe Schulter. Obwohl sich die meisten mit einer mittleren oder hohen Griffschale wohl fühlen werden, ist die niedere Griffschale die bessere Wahl, da sie eine Einstellung erlaubt, die eher einen Fehler verzeiht. Die hohe Griffschale bedarf eines beträchtlichen Trainings der Muskulatur des Vorderarms und des Handgelenks, um sie zu beherrschen, während sie bei wenig Training Fehler verstärkt, die von einer ungleichmäßigen Druckverteilung ausgehen. Gerade um Fehler zu minimieren, die durch unterschiedliche Druckverteilung auf der Griffschale entstehen, haben wir in jahrelangen Testreihen eine Griffschale mit einem besonderen Profil entwickelt: die sogenannte "Kugelgriffschale", besser bekannt als "Frangilli-Griffschale". Sie erlaubt die Hand unterschiedlich zu positionieren, mit minimalen Druckpunktveränderungen, die den Schuß und somit die Gruppe nicht beeinflussen. Unserer Meinung nach ist dies immer noch der perfekte Griff für einen jeden Bogenschützen.

Bild 120 - Frangilli Griff

(VF)

16) Feldstecher oder Fernrohr?

Wenn wir keine 90 Meter schießen müssen, reicht ein gutes Fernglas (Feldstecher) mit zehnfacher Vergrößerung vollkommen aus. Ich rate dann zu 10 x 42 Modellen, die eine gute Lichtstärke mitbringen. Idealerweise mit synthetischen Prismen, damit das Fernglas so leicht wie möglich ist. Es ist absolut nutzlos zu viel Geld für Ferngläser auszugeben. Ferngläser fallen nämlich oft zu Boden, werden nass, gehen verloren oder werden gestohlen. Aus einem oder mehreren dieser Gründe habe ich Dutzende Ferngläser in meiner Laufbahn besessen und gewechselt. Meiner Ansicht nach ist also ein teures Gerät eine überflüssige Ausgabe, die nichts zu Ihrer Fähigkeit beiträgt, die eigenen Pfeile besser auf 70 Meter ausfindig machen zu können. Auf 90 Metern ist sicherlich ein Fernrohr mit zwanzigfacher Vergrößerung oder mehr eine große Hilfe, ist aber nicht unabdingbar. Wenn das Budget nicht üppig bemessen ist, dann versucht immer den besten Kompromiss in puncto Vergrößerung und Preis zu finden, ohne aber am Stativ zu sparen. Dieses sollte schwer und stabil sein, damit es nicht mit dem ersten Windstoß auf der Schießlinie umfällt. (MF)

17) Weshalb muss ich immer eine Mütze tragen?

Ihr werdet mich nie bei einem Turnier im Freien ohne eine Mütze mit kurzer Krempe sehen. Ja ich habe auch immer eine bei Hallenturnieren in meinem Bogenkoffer. Lichtveränderungen während der Zielphase

sollen nämlich so gut es geht vermieden werden, und deshalb ist ein wenig Schatten auf den Augen dafür unentbehrlich. Ideal dafür sind, wie eben gesagt, Mützen oder Hüte mit kurzer Krempe, idealerweise mit einem dunklen Innenteil. Zögert niemals diese Mütze auch in der Halle zu benutzten, wenn ein unangenehmer Lichteinfall einer oder mehrerer Lampen eine korrekte Positionierung des Kopfes verhindern sollten.

(MF)

Bild 121 - Nutzen und Vorteile einer Mütze

18) Wann soll man denn anfangen mit Klicker zu schießen? Ab wann soll die Pfeilspitze betrachtet werden?

Der Klicker ist ein unerläßliches Zubehör für den Olympischen Bogen und muß sobald nur möglich auch benutzt werden. Idealerweise wenn eine stabile Haltung von seiten des Bogenschützen erlangt worden ist. Der Schütze soll nämlich sofort lernen zu kontrollieren, wann er den vollen Auszug mit der Spitze unter dem Klicker erreicht hat, und dies vor dem Ankern.

(VF)

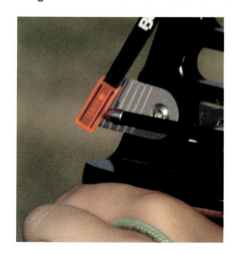

Bild 122 - Klicker

19) Ist eine Mundmarke unumgänglich? Welche ist die beste?

Eine Mundmarke auf der Sehne (auch Kisser genannt) ist ein willkommener zusätzlicher Referenzpunkt, der eine höhere Präzision während des Ankerns erlaubt. Jedenfalls sollte ein zu früher Einsatz dieses Hilfsmittel vermieden werden, zum Beispiel bei Schützen die ohne Kisser noch keinen stabilen Ankerpunkt erreichen. Wenn die Mundmarke aber trotzdem in einem solchen

Fall benutzt wird, neigt der Schütze dazu, diese Referenz als Ziel auf dem Weg zum Ankerpunkt zu sehen, anstatt sie als Weg zum Ziel dazu wahrzunehmen (und wird so dazu neigen den Kopf in Richtung Kisser nach vorne zu bewegen), und dies mit einem gänzlich ungewolltem Ergebnis. Darüber hinaus ist bei der Montage einer Mundmarke zu beachten, dass die Höhe der Mundmarke mit der Ankerposition am Gesicht zusammenhängt. Deshalb setzen kleine Veränderungen der Kopfneigung, die kleinere Veränderungen des Ankerpunktes herbeiführen, durchaus eine Verschiebung des Kissers auf der Sehne voraus.

Die einfachste und günstigste Mundmarke ist hausgemacht, und zwar mit einem dünnen Streifen

Bild 123 - Mundmarke aus Klebeband

gewebtem Klebeband, das auf der Sehne auf der bestimmten Höhe bis zum gewünschtem Durchmesser gewickelt wird: leicht zu machen, zu verschieben und auf jeden Fall... selbstklebend. Sobald die endgültige Position gefunden worden ist, kann dieser Kisser mit einigen wenigen Tropfen Kleber befestigt werden. Dies garantiert auch die Abdichtung im Falle von Nässe.

(VF)

20) Welches ist das beste FOC für Pfeile, die im Freien und in der Halle geschossen werden?

Der größtmögliche FOC (= Front of Center Balance, Verschiebung des Schwerpunktes Richtung Spitze) sollte benutzt werden, sowohl im Freien wie auch in der Halle. Dieser Versuch steht im Gegensatz zu dem was der Markt meist für das gewünschte Setup - Pfeiltyp, Spine und Zuggewicht - zur Verfügung stellt. Die praktische Einschränkung ist immer das maximal Mögliche zu benutzen. Bei gleichem Gesamtgewicht ist es immer besser einen steiferen Pfeil mit einer schweren Spitze, als einen weicheren Pfeil mit einer leichten Spitze auszuwählen. Sprechen wir mal über Zahlen. Ich habe meist mit einem FOC über 18% geschossen, meine Schwester Carla hat in einigen Konfigurationen sogar die 20% Marke überschritten. Niedrigere FOC können unter bestimmten Bedingungen akzeptiert werden, bei denen die Pfeilgeschwindigkeit ein vorrangiger Parameter ist, wie zum Beispiel beim Feldschießen: auch in diesem Fall sollte er nicht unter 14% liegen. Wenn in der Halle Aluminiumpfeile geschossen werden, ist es wichtig, immer die schwerstmöglichen Spitzen zu benutzen, da der FOC durch die schweren Naturfedern bereits Richtung Nocke verlagert ist. Glücklicherweise gibt es in der Halle keinen... Wind!

(MF)

Bild 124 - Ein Turnier mit dem Compound - November 2004

21) Gibt es Geräte, die es erlauben das Fühlen der Rückenspannung zu trainieren?

Es gibt zwei Geräte die es erlauben, die Rückenspannung („back-tension") fühlen zu lernen: zum einen der Formaster - eine Art Seilschlinge aus Gummi die um den Ellenbogen an der Sehne befestigt wird - und... der Compound Bogen! Die Anwendung beider Geräte kann einen großen Nutzen bringen, muss aber nur unter der Leitung eines erfahrenen Trainers erfolgen.

(VF)

Michele Frangilli - Die Geburt des Häretischen Bogenschützen 7.2

(Vittorio Frangilli)

Michele Frangilli ist am 1. Mai 1976 in Gallarate geboren, einem Städtchen mit 47.000 Einwohnern, 40 km nord-östlich von Mailand.

Seine Mutter Paola und ich waren seit 1973 Bogenschützen und Michele hat im Oktober 1975 sein erstes Internationale FITA Turnier mitgeschossen, das berühmte Ambrosiano Turnier in Mailand, und zwar im Bauch seiner Mutter!!! Paola hat bei ihrem ersten Turnier 971 Ringe geschossen, das niedrigste von Michele je geschossene Ergebnis. Michele ist in einem Korb unter den Zelten der Bogenplätze aufgewachsen, während ich und seine Mutter bei Wettkämpfen teilnahmen. Seinen ersten Bogen hat er mit 5 bekommen, hat aber bis zu seinem zehnten Geburtstag nicht viele Pfeile damit geschossen.

Bild 125 - Italienmeisterschaft 1989

1986 hat er dann doch mit einer gewissen Standhaftigkeit angefangen zu trainieren und hat anstatt seines hölzernen Kinderbogen einen Samick SMT9 bekommen, mit dem er die ersten Turniere bestritten hat, unter anderem die Italienischen Jugendspiele, die in Zusammenarbeit mit Walt Disney und dem Schulministerium organisiert wurden.

Sein erstes offizielles Turnier war ein 900 Round am 4. Mai 1986. Es war ein grauenhafter Tag und es regnete in Strömen. Die Zeitungen schrieben dass der Regen wahrscheinlich radioaktiv war, da in jenen Tagen die berüchtigte Wolke von Tschernobyl über Europa schwebte. Einige Jahre später haben wir scherzhaft das Gerücht in die Welt gesetzt, Michele sei durch den radioaktiven Regen zu dem unglaublichen Cyber-Bogenschützen mutiert der er heute ist.

1987 wurde er bei den regionalen Jugendspielen in der Lombardei Zweiter und qualifizierte sich für das landesweite Finale in Gubbio: er wurde Sechster in der Einzelwertung und gewann mit der Mannschaft Gold.

1988 war ein schlechtes Jahr für seinen Schießstil: er hatte eine starke Scheibenangst (Target-Panic), die durch den Einsatz eines Klickers behoben wurde. Ende des Jahres stiegen seine Ergebnisse sprunghaft an. Bald schoß er bei Hallenturnieren 540 Ringe, Anfang 1989 bereits mehr als 550. Er war damals nicht der beste Schütze seiner Altersklasse, aber mit einer von den besten.

Im Juli 1989 fuhr ich mit Michele nach Lausanne, in die Schweiz, um die FITA Weltmeisterschaft im Freien anzusehen. Es war die Weltmeisterschaft des Stanislav Zabrosky, des Allen Rasor und der Kim So-Nyung. Wir verbrachten diese Tage mit der Beobachtung und dem Studieren der Schießtechniken all dieser weltbekannten Bogenschützen. Michele sammelte auch viele Autogramme. In unserem

Familienalbum haben wir ein Bild von Michele, der von Olympiasieger Jay Barrs ein Autogramm erhält,... wer hätte denn damals daran gedacht, dass beide einige Jahre später bei einer Feld Weltmeisterschaft zusammen in einer Gruppe schießen würden. Aus Lausanne kamen wir mit Notizen über alle 24 bestplazierten der Grand FITA Runde zurück, einbezogen die Zusammensetzung und Konfiguration ihrer Stabilisation und Aufzeichnungen über den Stand eines jeden dieser Schützen.
Aufgrund der gemachten Beobachtungen veränderte ich demnach den Stand von Michele. Er schoß nicht mehr mit den Füßen parallel zur Schusslinie, sondern von nun an mit dem sogenannten „offenen Stand". Darüber hinaus fügte ich den Vorbau und die Spinne in sein Stabilisationssystem ein. Nach

Bild 126 - Torneo Ambrosiano 1989 in Mailand - Allen Rasor

diesen Veränderungen schoß Michele seinen ersten 1300er in der FITA Runde (Schülerentfernungen 50/40/30/20 Meter). Damals gab es nicht viele Schützen die diese Ringzahlen erreichten.
Im Oktober 1989 nahm ich wieder einmal am Internationalen Turnier Ambrosiano in Mailand teil und schoß auf der Scheibe neben Allen Rasor, dem US Bogenschützen, der von allen als der Nachfolger von Darrell Pace und Rick McKinney gesehen wurde. Nachdem ich seine Schuß-Sequenz über lange Strecken analysiert und mit Ihm besprochen hatte, kam ich zur Entscheidung, dass Michele's Schießstil radikal verändert werden musste. Einige Wochen später war Michele ein Bogenschütze, der mit Druck der Bogenhand aus dem Klicker kam und nicht mehr durch Ziehen der rechten Hand.
1990 schoß Michele einen neuen Italienischen FITA Rekord mit 1340 und im August flog ich mit ihm

Bild 127 - US Nationals 1990

und einer Auswahl unseres Landesverbandes Lombardei in die Vereinigten Staaten von Amerika, nach Oxford, Ohio, zu den US Nationals. Es war eine doppelte FITA Runde mit Grand FITA Round und Teilnehmern aus vielen Ländern, darunter Korea mit Lee Eun-Kyung - 1370 Ringe! - und unsere Jugendmannschaft die als „Italienische Nationalmannschaft" gewertet wurde und auf einer Linie stand mit der fabelhaften US Mannschaft Eliason - McKinney - Barrs und der Mannschaft aus Korea, die gerade einen neuen Mannschafts-Weltrekord aufgestellt hatte. Michele schoß bei diesem Turnier, nicht einmal vierzehnjährig, seinen 1100 FITA Stern, mit 1170 Ringen, ...in der Schützenklasse auf 90 Meter! In Italien war es nicht erlaubt als Vierzehnjähriger auf 90 Meter zu schießen, in den USA schon.

1991 war es dann soweit: die ersten Turniere in der „Maglia Azzurra" mit der Italienischen Jugendnationalmannschaft.

Im August dann ein „Lehrurlaub" bei der FITA WM in Krakau, Polen, bei der wir den zweiten WM Titel von Kim So-Nyung erleben durften, so wie den Überraschungssieg des Australiers Simon Fairweather, der neun Jahre später in seinem Heimatland Olympiasieger wurde. Während dieser Reise haben wir unzählige Aufnahmen mit Video- und Fotokamera gemacht, gesammelt und ausgewertet: Diese gaben uns sehr interessante Ausgangspunkte für weitere Verbesserungen, so wie auch einen Ausblick auf die neuen Schießtechniken, die sich gerade durchsetzten.

1992 gewann Michele den Junioren Europa Cup und war der erste Europäische Schütze der in der Jugendklasse 1300 Ringe in der FITA Runde schoss.

Bild 128 - Roncegno 1994 - Junioren WM

Im Februar 1993, endlich bei den Junioren, wurde Michele Vize-Italienmeister aller Klassen in Turin: er wurde im Finale von Alessandro Rivolta geschlagen, doch qualifizierte er sich für sein erstes internationales Turnier - der Hallen WM in Perpignan, Frankreich - als Mitglied des Italienischen A-Kaders. 1993 war auch das Jahr der Junioren-Weltmeisterschaft in Moliet, immer in Frankreich, und seiner ersten WM-

Medaille: er gewann zusammen mit Tognini und Bisiani Silber. Dies war auch das Turnier, welches den Ausschlag gab für eine weitere Korrektur der Schießtechnik (sein Auszug wurde um über Zoll verkürzt)von Michele und demzufolge für den definitiven Qualitätssprung.

1994 war dann das Jahr der endgültigen Anerkennung Michele's, als einer der besten Bogensportler Italiens aller Zeiten. Er gewann die Ausscheidung zur Europameisterschaft im Freien mit 1304 Ringen und wurde somit der erste Junior Italiens, der die 1300er Marke überschritt. Er war der bestplatzierte Italiener bei der Europameisterschaft in Nymburk (Tschechien) mit 1296 Ringen. Er nahm an seiner ersten Feld Weltmeisterschaft in Vertus (Frankreich) teil und, kaum zurück, nahm er in Roncegno (Italien) an der Junioren Weltmeisterschaft im Freien teil.

Bild 129 - Weltmeisterschaft in Jakarta 1995

Dort war seine Leistung am ersten Tag der FITA Runde schlicht enttäuschend. Michele war nur der Vierte der internen Mannschaftswertung, weit abgeschlagen. Dennoch verkündete er öffentlich, vor meiner Wenigkeit und dem Trainerstab der Nationalmannschaft: "Das heutige Ergebnis hat keine Bedeutung, da ich morgen mindestens 340 Ringe auf 50 Meter und 350 auf 30 Meter schießen werde und somit unter die drei besten der Mannschaftswertung kommen werde!" Dieser Satz ging in die Geschichte ein, da Michele eine unglaubliche 341er Runde auf 50 Meter schoß - unter den verdutzten Blicken aller Anwesenden - und dann die versprochenen 350 Ringe auf 30 Meter nachlegte: Mit diesem Ergebnis kam er nicht nur unter die ersten drei Schützen der italienischen Mannschaft, sondern er schoß einen Junioren-Weltrekord auf 50 Meter, der erst vor wenigen Jahren getoppt wurde und bis heute noch Europäischer Rekord ist. Und auch wenn er in der Finalrunde sehr rasch ausschied, war er der Matchwinner gegen die überragenden Südkoreaner im Mannschaftsfinale, mit einer Zehn, die ihm nicht nur seinen ersten Weltmeistertitel einbrachte sondern auch einen neuen Weltrekord - 248 Ringe (wieder mit Tognini und Bisiani). Michele begann das Jahr 1995 bereits als Bogenschütze auf Weltklasse-Niveau, doch außerhalb Italiens hatten ihn wenige bemerkt.

Gran Prix in Genf, Schweiz, Mai 1995. Michele ist Drittplazierter der Qualifikationsrunde mit 1329 Ringen, hinter Matteo Bisiani und Lionel Torres, muß aber in der ersten Runde ausscheiden, da er unter einer schweren Sehnenentzündung am Ringfinger der rechten Hand litt. Nach diesem Turnier begann er seinen berühmten Schießhandschuh zu benutzen (zwischen Finger und Tab), der ihn bis 1998 begleitete.

Im Juli 1995 nimmt er an der Weltmeisterschaft im Freien in Jakarta, Indonesien, teil. Als 20er der Qualifikationsrunde sicherte er seinem Land einen Kontingentplatz für die Olympischen Spiele. Überdies gewann er mit der Mannschaft Silber (mit Bisiani und Parenti) hinter Südkorea und verhalf Italien zu einem Quotenplatz für die Mannschaft. Im

Bild 130 - Olympischen Spiele in Atlanta 1996

Bild 131 - Olympischen Spiele in Atlanta 1996 - Live im Fernsehen

November 1995 egalisiert er mit 593 Ringen den damaligen Hallen-Weltrekord auf 25 Meter. Das Olympische Jahr 1996 begann unter einem schlechten Stern. Eine starke Erkältung ließ nicht zu, dass er bei der Italienmeisterschaft das Ticket für die Hallen WM lösen konnte. Doch Ende April schockierte er in der ersten internen Rangliste und Ausscheidung für die Olympischen Spiele alle Trainer, Offiziellen und selbst seine Mannschaftskameraden: 1364 Ringe in der FITA Runde! Im Juni, beim Europa Grand Prix in Eggenfelden, Deutschland, sein erster Sieg bei einem internationalen Wettkampf als Senior (und einem weiteren Mannschaftssieg mit Bisiani und Parenti) und die endgültige Qualifikation für die Olympischen Spiele in Atlanta. Ein mittelmäßiges Ergebnis bei der EM im Freien und ein fünfter Platz bei der Feld WM - beide in Slowenien - waren nur ein Vorgeschmack auf Atlanta: denn dort nahm alles von Anfang an einen guten Lauf. Olympischer Rekord im Ranking Round mit 684 Ringen, 344+340, und weitere Olympischer

Bild 132 - Sequenz 1996

Rekord mit 18 Pfeilen mit 170 Ringen im Achtelfinale, unter starkem Regen und gegen den Weltmeister von Lausanne, 1989, Zabrodsky. Im Viertelfinale das Ausscheiden gegen den zukünftigen Olympiasieger, dem US-Amerikaner Justin Huish: 112-112 nach 12 Pfeilen, dann beide eine Zehn im ersten Stechen. Huish schießt noch eine Zehn, während Michele eine Neun schießt, nur 1 cm zu tief! Sechster Platz. Doch zusammen mit Andrea Parenti und Matteo Bisiani kann er gegen Australien Bronze gewinnen, die erste Olympiamedaille für den italienischen Bogensport nach 16 Jahren. Das Match gegen Justin Huish und das Mannschaftsfinale um den dritten Platz wurden in Italien Live zur besten Sendezeit übertragen, und machten aus ihm einen landesweit bekannten Sportler und er wurde fortan weltweit als der Schütze angesehen, den es zu schlagen galt.

Der Häretische Bogenschütze war endlich in Besitz seiner vollen Fähigkeiten.

Einige Details, um Michele Frangilli besser kennenzulernen:

Olympische Spiele
Bronze mit der Mannschaft, 1996
Silber mit der Mannschaft, 2000

World Games
Silbermedaille, 2001
Goldmedaille, 2005

Titel bei Weltmeisterschaften
Weltmeister FITA im Freien, Mannschaft, Junioren, 1994
Weltmeister FITA im Freien, Mannschaft, 1999
Weltmeister Feldschießen, 2000
Weltmeister Halle, 2001
Weltmeister Feldschießen, 2002
Weltmeister Halle IFAA 2003
Weltmeister Halle, Mannschaft 2003
Weltmeister FITA im Freien, 2003

Titel bei Europameisterschaften
Europameister FITA im Freien, Mannschaft, 1998
Europameister Feld, 1999
Europameister Halle, Mannschaft, 2000
Europameister Halle, Mannschaft, 2002
Europameister FITA im Freien 2002

Titel bei Italienischen Meisterschaften
41 Mal Italienmeister in verschiedenen Disziplinen und Kategorien

Weitere wichtige Ergebnisse
Sieben Mal Sieger bei einem Europa Grand Prix, davon fünf Mal am Stück, insgesamt mit 8 Goldmedaillen in der Einzelwertung
Seit 1998 ohne Unterbrechung in der FITA Weltrangliste auf den Plätzen 1 bis 6.
36 Medaillen bei Olympischen Spielen, World Games, Welt- und Europameisterschaften

Bild 133 - 1350er FITA Stern
Peking - WM 2001

Bild 134 - Weltmeister in New York
2003

5e tournoi européen indoor de Nîmes

Nouveau record de monde senior

Aujourd'hui, les finales se tiendront à partir de 11 h, au parc des expositions de Nîmes

■ Michele Frangilli, numéro un mondial et vainqueur ici l'an passé, était attendu à Nîmes comme le loup blanc. Toutefois, qui aurait pu imaginer que lors des phases qualificatives de ce 5e tournoi européen indoor, l'Italien, allait taper aussi fort, en réalisant 597 points sur 600 possibles. Soit, pour être plus précis, un seul 8 lors de la première série de trente flèches et un 9 lors de la seconde. Une véritable prouesse, qui lui permet de s'adjuger le nouveau record du monde en arc classique, détenu jusqu'à présent par le Suédois, Magnus Peterson, avec 596 points. In-cro-ya-ble !

Le deuxième frisson de la journée est à mettre à l'actif de Florian Faucheur qui, avec 581 points, s'est offert le record de France junior en arc à poulies, améliorant le score de cinq longueurs. ●

Laurent VERMOREL

Michele Frangilli, nouveau recordman du monde en arc classique avec 597 points.   Photo José MUÑOZ

Bild 135 - 13. Januar 2001, Nimes, Frankreich

Sein Material:

Mittelteil: Win & Win Expert und Expert NX
Wurfarme: Win & Win WinEx 70″/50#
Visier: Copper John ANT
Stabilisation: Win & Win Karbon
Plunger: Beiter
Pfeilauflage: ARE
Klicker: Beiter
Pfeile: Easton A/C/E
Nocken: Beiter Heavy Insert Nocke
Federn: Spin Wing
Fingerschutz: Eigenbau
Sehnen: aus BCY 8125, Eigenbau
Fingerschlinge: Eigenbau
Streifschutz: Enigma
Köcher: Angel

Seine Technischen Sponsoren:

ARE
BCY
Beiter
Copper John
Easton
Win & Win

7.3 Nachweis nützlicher Quellen

(Vittorio Frangilli)

Dieses Buch kann logischerweise nicht Antworten auf alle möglichen Fragen geben. Viele Bereiche werden in anderen Büchern tiefgründiger und vollständiger präsentiert, viele Informationen stehen zum Teil extrem gut ausgeführt im Internet zur Verfügung.

Es lohnt sich also für jemanden, der alle Aspekte vertiefen will, Zeit in der Recherche und der Lektüre dieser Texte zu investieren. Leider sind die meisten Texte nur in englischer Sprache erhältlich. Zu den Informationen in den verschiedenen Foren und Newsgroups gibt es nur einen grundlegenden Ratschlag: versucht aus dem Ganzen immer nur das rauszufiltern, was wirklich informativ ist und Euch was bringt! Leider ist der Großteil der Beiträge reine Desinformation. Überdies gibt es auch noch die bunte Welt einiger bogensportspezifischen Softwareapplikationen.

Die Bücher

„Understanding Winning Archery" - Hal Henderson

Ein grundlegendes Buch, auch heute noch. Es wurde vom Trainer der ersten US Olympiasieger geschrieben. Unersetzbar für Antworten auf Fragen, wie ein Schütze das Turnier angehen soll und wie er sich im Wettkampf am besten verwalten kann.

„Archery in Earnest" - Roy Matthews und John Holden

Traditionelles Bogenschießen vom Feinsten. Darin wird sehr auf den physischen Teil des Bogenschießens geachtet. Sehr gute Bilder.

„Total Archery" - Ki Sik Lee und Robert de Bondt

Dieses vom wohl anerkanntesten und erfolgreichsten koreanischen Coach geschriebene Buch analysiert die Schießtechnik und gibt Lösungen, die sich auch in „Der Häretische Bogenschütze" wieder finden, wenn auch mit unterschiedlicher Terminologie. Der fotografische Part ist ausgezeichnet.

„Precision Archery" - von Steve Ruis und Claudia Stevenson

Ein Buch der Herausgeber der US Zeitschrift "Archery Focus". Es ist eine Collage von Beiträgen unterschiedlicher, in der Bogensportwelt sehr bekannter Autoren. Unersetzbar ist der von Don Rabska geschriebene Teil über das Material und dessen Tuning.

„L'occhio dell'arciere" - Stefano Varanini

„Das Auge des Bogenschützen" - Die typischen Antworten auf Fragen die das Zielen betreffen; leicht verständlich erklärt von einem italienischen Bogenschützen der Optiker von Beruf ist. Nur auf Italienisch erhältlich.

„The Simple art of Winning" - Rick McKinney

Die Bibel des Bogensportlers auf hohem Niveau, geschrieben von einer lebenden Legende des

Bogensports, Rick McKinney, mehrfacher Weltmeister und Gewinner von Olympiamedaillen. Die darin enthaltenen Erfahrungen und Techniken sind, wie es auch sein soll, extrem subjektiv, aber im Gesamten gesehen einzigartig.

„Coaches Manual - Entry Level" - von Juan Carlos Holgado und weiteren Trainern

Juan Carlos Holgado, Mannschafts-Olympiasieger und International anerkannter Trainer, hat nach langen Recherchen und in Zusammenarbeit mit weltbekannten Trainern und Technikern für die FITA „das definitive" Lehrbuch für Bogensportanfänger herausgegeben. Ausgezeichnete Qualität der bildlichen Darstellungen. Sollte auch auf Deutsch übersetzt werden.

„Field Archery" - Don Stamp

Ein Klassiker, auch wenn relativ alt, ist aber immer noch das einzige Buch, das sich mit Grundkenntnisse des Feldbogenschießens befasst. Ausgezeichnet dargestellt von einer Persönlichkeit, die die Geschichte der FITA mitgeprägt hat. Wahrscheinlich schwer zu finden.

„Arco Sport - Preparazione alla Competizione" - Spigarelli, Dong Eum Suk, Casorati

Ein historisches Buch über Bogensport und dessen Technik in Italien - immer noch aktuell speziell für das Training und die Vorbereitung auf Turniere - Nur auf Italienisch erhältlich.

„Sport Medicine and Science in Archery" - von Emin Ergen und Karol Hibner

Eine Sammlung von medizinischen und wissenschaftlichen Abhandlungen, von der FITA herausgegeben. Das einzig gegenwärtig erhältliche Buch über bogensportspezifische Medizin und Verletzungsursachen im Bogensport.

Internetseiten

http://homepage.ntlworld.com/joetapley/index.htm

Von Joe Tapley gestaltete und gepflegte Webseite. Er ist ein englischer Ingenieur und leidenschaftlicher Bogenschütze. Enthält unheimlich viele Informationen über das Tuning eines Bogens, über den Pfeilflug und vieles mehr.

http://www.tenzone.u-net.com/

Steve Ellison ist der Autor und Verwalter dieser Seiten. Sehr gute und nützliche Informationen über jeden Bereich des Scheibenschießens. Speziell der Bereich über die Stabilisation ist ein absolutes Highlight.

http://www.arcieridellealpi.it/docdownloads.html

Die Dokumenten-Sektion dieser Webseite des Vereines „Arcieri delle Alpi" beinhaltet eine von den Schützen selbst verwaltete Datenbank von Texten über Schießtechnik, Materialien und einigen sehr interessanten Videos.

http://www.frangilli.it

Die Webseite von Michele Frangilli, mit seinem detaillierten Lebenslauf, seinen Rekorden und unzähligen Fotos.

Forum und Newsgroups

http://sagittarius.student.utwente.nl/bb/index.php

Das Sagittarius Forum ist das wohl bekannteste internationale Forum weltweit. In Englischer Sprache.

http://www.arcierimonica.it/forum/default.asp

Das Forum der „Arcieri Monica", von uns verwaltet.

http://www.integralsport.com/

Für alle Schützen im französischen Sprachraum ein absolutes Muss, aus der Webseite von Place Du Sport entstanden.

http://www.archerytalk.com/vb/

Archery Talk, das meist besuchte Forum in den USA, auch mit einer Sektion für FITA Schützen.

rec.sport.archery

Newsgroups sind nicht mehr so aktuell, dennoch ist dieses gut besucht.

alt.archery

Das älteste Bogensport-Newsgroups.

Software

Target Plot
In der Vorbereitung für die Olympischen Spiele 2000 in Sydney wurde in Australien diese Anwendung für Palm OS entwickelt. Diese Software bleibt immer noch ein Pfeiler für die Analyse der Schießleistung und der Einstellung. Es besteht aus zwei Modulen: eines für den Handheld zur Datenerfassung auf dem Feld, das andere für den PC, damit die Daten analysiert werden können.
http://www.targetplot.com

Archer's Advantage for Windows
Programm aus den USA. Besteht aus zwei Modulen. Eines für die Auswahl der Pfeile, mit einer Datenbank fast aller auf dem Markt erhältlichen Pfeile - immer wieder aktualisiert! - und das andere, eigentlich das ursprüngliche entwickelte Programm, welches aus einer geringen Anzahl an Elementen eine komplette individuelle Visierskala ausdrucken kann. Doch dies ist nicht alles, es enthält einen ausgezeichneten Simulator von Schüssen in Hanglagen.
http://www.archersadvantage.com

Speed List III
Bekanntes Programm für die Erfassung von Ergebnissen bei Turnieren, von Damiano Scaramuzza für die FITARCO geschrieben. Es können damit praktisch alle Turniermodi verwaltet werden, mit maximaler Flexibilität und optimalen Anpassungsmöglichkeiten. Einziges Programm weltweit, welches die dynamische Aufstellungen während der Finalrunde ermöglicht und sogar das Feldlayout während des Olympic Round verwalten kann. Ein Muß nicht nur für alle Turnierteilnehmer, sondern vor allem für alle Veranstalter.
http://www.speedlist.it

Dank

Dieses Buch ist zwar nur von zwei Personen geschrieben worden, doch haben viele weitere Personen bei der endgültigen Gestaltung Hand angelegt.

Einen Dank vor allem an Nicola Bucci, dafür dass er uns immer wieder angespornt hat das Projekt in Angriff zu nehmen,...und es ist ihm gelungen,... in weniger wie sechs Jahren!

Einen Dank an Carla, geduldiges Fotomodell und wertvolle Korrekturleserin.

Einen Dank an Riccardo Franzi und Gaia Banchelli, dafür dass sie als erste den Teil über die Schießtechnik gelesen haben und die Erkenntnisse sofort bei sich selbst in die Tat umgesetzt haben.

Einen Dank allen Mitgliedern meines Vereines, der „Compagnia Arcieri Monica". Sie mussten sich teils als Assistenten und teils als Model stundenlangen Fotosessions auf dem Trainingsplatz unterziehen.

Ein tiefer Dank gebührt Mr. Park Kyung Rae, Präsident der Win & Win Archery, für sein Vertrauen in dieses Werk.

Schlußendlich danke ich auch dem Präsidenten der FITARCO Mario Scarzella, für seine Unterstützung in der Verwirklichung diese Werkes, und unserem Freund Stefano Vettorello, dafür dass er immer ohne Zweifel an die Wirksamkeit des Projektes geglaubt hat.

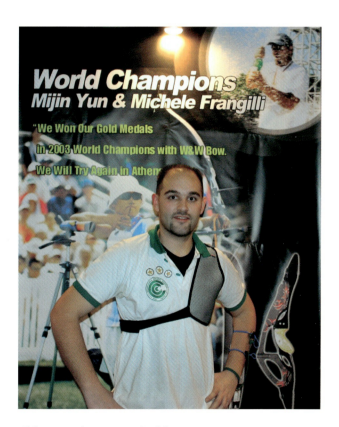

Bild 136 - Nimes - Frankreich - 2005

Die Fotos im Buch

Die in diesem Buch benutzten Fotos sind in den letzten 16 Jahren geschossen worden, ausschließlich alle von der Familie Frangilli.
Alle Fotos von 1990 wurden im August bei den US Nationals in Oxford, Ohio gemacht, während die Bilder von 1991 bei der FITA Weltmeisterschaft im Freien in Krakau, Polen, geschossen wurden.

Deutsche Übersetzung

Die deutsche Übersetzung aus dem italienischen Original wurde von einem wahren Freund, Andreas Lorenz, getätigt, dem unser Dank gebührt.
Endgültige Korrektur des Textes: Markus Bleher

Leitung des Pojekts: Vittorio Frangilli
Graphische Leitung: Licia Volpon für Artea srl
Litho: Artea srl, via E. Fermi, 28 - Settimo M.se (MI)
Druck: Stampamatic SpA, via A. Sabin, 28 - Settimo M.se (MI)

Gedruckt im Juni 2006 (Italienischer Erstdruck November 2005)
© copyright 2005 Vittorio Frangilli
Gedruckt und gebunden in Italien. Alle Rechte vorbehalten.